JN179792

集英社オレンジ文庫

君が今夜もごはんを食べますように

山本　瑶

本書は書き下ろしです。

Contents

イラスト／玉島ノン

君が今夜も
ごはんを
食べますように

1 茶房こうめ

　鍵がポストに落ちた硬質な音で、相馬《そうま》は目を覚ました。室内はまだ薄闇《うすやみ》の中で、古い木造家屋独特の、湿ったような木の匂いが満ちている。空気はしんと冷たくて、思わず、布《ふ》団《とん》をあごまで引き上げた。

　十一月。初雪はまだだが、晩秋の金沢《かなざわ》は十分に寒い。

　東京とは、なにもかもが違う――。

　相馬はそのまま、シミだらけの天井を見上げながら考えた。

　最近、朝起きると、消えてなくなっているものが、ふたつ。

　ひとつめは、彼女の姿。これは今に始まったことではない。相馬の部屋に気まぐれにやってくる彼女は、明け方になると姿を消すことが多いから。

　ふたつめは、服だ。昨夜脱ぎ、そのあたりにあったはずのシャツが一枚、消えてなくなっている。

「またか」

消えてなくなったものはふたつ。でも、心は満たされている。不思議だな――相馬は布団の中に残っている温もりを抱きしめるようにして、再び眠りに落ちた。

身長が百八十二センチある相馬は、細身で腕が長いため、なかなか、ぴったりのシャツが見つからない。今朝消えたデニムシャツは数少ないしっくりくる手持ちの服の一枚だ。量販店で買ったものだが、生地がいい感じに色落ちし、くったりとして、気に入っていた。

二本しかないデニムの一本をはきながら、さすがにボトムスは持っていかれるときついな、と思う。押し入れの奥から裏起毛のパーカーを引っ張り出し、Tシャツの上に着る。廊下を軋《きし》ませながら洗面所に行き、顔を洗い、歯を磨く。髭《ひげ》を剃《そ》る時に寝癖がついていることに気づいたが、適当にワックスをなじませて、よしとした。柔らかめのクセ毛はこういう時に助かる。

それから、あくびをしながら、急勾配《こうばい》で狭い階段を下りていくと、奥の厨房《ちゅうぼう》から、食器が擦《こす》れ合う音が聞こえてきた。

柱にかかった古びた時計が八時を報《しら》せ、賑やかな音楽とともに動物の人形たちがくるくると回りだす。ブレーメンの音楽隊を再現したアンティークらしく、家主のお気に入りだ。

ガラス戸をからりと開けると、その家主が、朝から花が咲いたような笑みを見せた。

「おはよう、相馬くん。今日も午前中いっぱい、よろしくね！」

江戸時代、百万石を有した加賀藩《かがはん》の城下町として栄えた金沢は、戦火を逃れたために、今でも、当時の街並みの面影をそこかしこに残している。

町家建築もそのひとつで、木虫籠《きむすこ》と呼ばれる出格子《でごうし》を備えた建物が軒《のき》を連ねる茶屋街《ちゃやがい》は、観光スポットにもなっている。

その茶屋街と通りふたつほど隔てた場所に、茶房《さぼう》「こうめ」はあった。

近くには「おんな川」の別名を持つ浅野《あさの》川が流れている。建物は昭和初期に建てられた伝統的な町家で、古いが、人が住めるほどには改装工事もすんでいる。ほかの多くの町家と同様に、一階部分は店舗となる「みせ」「おもて」、二階部分が居住スペースとなる「おく」になっていた。

軒先には印象的な加賀繍《ぬい》を施した「こうめ」の暖簾《のれん》が下がっている。営業は月曜日をのぞく昼前から午後四時まで。テーブル席が五つ、ほかはカウンター席だけのこぢんまりとした店だ。おもに和スイーツのほか、地元金沢の食材を使ったランチを提供している。

店のオーナー兼この町家の家主は、山野尾小梅《やまのおこうめ》。相馬よりひとつ下の二十三歳だ。名前にふさわしく小柄で可愛《かわい》らしいが、性格はしっかり者。いつも髪を高い位置でおだんごにまとめ、紺地《こんじ》に紅葉《もみじ》や桔梗《ききよう》といった意匠を加賀繡で施した着物を着ている。

ちなみに加賀繡とは、絹糸や金銀の糸を使って図柄を立体的に浮かび上がらせる刺繡《ししゆう》で、手間がかかる分、美しく、金沢が誇る伝統工芸のひとつとされている。

小梅は今日もすでに、着物の上に割烹着《かつぽうぎ》を着て、厨房で仕込みに取りかかっていた。

「小梅。何時から来てたの？」

古い作りの厨房だが、業務用のオーブンやコンロは新しく、使い勝手は悪くはない。コンロの上の鍋では、すでに、郷土料理の定番でもある治部煮《じぶに》の仕込みがすんでいた。蓋《ふた》を開けると、甘めの出汁《だし》で煮た鴨《かも》肉がぷんといい匂いを放つ。

「七時くらいだよ。今朝、起きたらすっごく寒かったでしょ？　ランチのメニューを一部変更して、治部煮を出したいと思って」

小梅はここから徒歩十分の実家に住んでいる。実家は金沢でも有名な老舗《しにせ》茶屋で、小梅はそこの末娘だ。

茶房「こうめ」で提供する和スイーツは、抹茶《まつちや》わらび餅《もち》と小豆《あずき》をふんだんに使ったパフェやあんみつ、ガイドブックにも紹介された抹茶チーズケーキに、栗《くり》と小豆を練りこんだワッフル、ほうじ茶のパンケーキなど。ランチの仕込みは、おもに当日の午前中で、相馬はそれを手伝っていた。

代わりに町家の住居部分である二階を、格安で借りている。そうでなければ、薄給の相馬が、古いとはいえこんな一等地に部屋を借りることは難しかった。

もちろん、店を手伝うのは破格の家賃のためばかりではない。

「今日の俺の担当、卵焼きとなんだっけ」

「ハス蒸しだよ。こないだ市場で買い込んできたハスが、まだけっこう残ってるから」

「オッケー」

幼い頃から、相馬は自炊《じすい》をしてきた。しかしあくまでも自己流で、郷土料理などとてもではないが難しいと思っていたが、小梅の指導がいい。小梅も少女の頃から包丁《ほうちょう》を握ってきたのだという。狭い厨房に響く包丁の音はリズミカルで、いつもどこか楽しそうだ。

地元金沢を盛り立てること、料理をすること、誰かに美味《おい》しいと言ってもらうこと。それらが、小梅の生きがいらしかった。小梅は、地元の大学を卒業してすぐに、実家が所有するこの町家で店を開いた。

相馬が小梅と親しくなったのは、その半年くらい前だ。相馬は訳あって都内の大学を中退したのだが、小梅が通う大学の講義をいくつか取っていた。それで大学の学食にいたところ、小梅がいきなり近づいてきて、自己紹介もそこそこに、こう言ったのだ。

『倉木《くらき》くん、あのね、単刀直入にいくね』

ほどなくして、この「単刀直入に」というのが、彼女の口癖であることを知った。

この時も、本当に単刀直入にきた。

『あたしカフェを開くの。そこを手伝ってくれない？　仕込みだけでいいから。あ、ほんとは店に出てほしいけど。倉木くん女子学生に人気だし、絶対にお客増えると思うし。でもそれが難しいなら、せめて仕込みだけでも』

今でも思い出すと笑ってしまう。色白な小梅が頰《ほお》を真っ赤にして、小さくて丸い目がキラキラ輝いていた。彼女の思いの強さに圧倒されながら、相馬は当然の質問をした。

『なんで俺？』

するとと小梅は、にこっと笑った。笑うと小さな顔にえくぼができた。

『おいなりさん！』

『は？』

『あれが絶品だったの！　その時からあたし、狙いすましていたの！』

相馬がいなり寿司《ずし》を作り人にふるまったのは一度だけだ。環境工学の教授が開いた花見の席で、家で大量に作ったものを重箱に詰めて持参した。その場に小梅もいたのだという。

しかしそのクラスは五十人を超す大所帯で、個人的に話したことは一度もなかった。

相馬は小梅の申し出を興味深いと思ったが、一度は断った。そもそも生まれも育ちも東京の相馬が大学を中退してまで金沢に来たのは、明確な目的があったからだ。

しかし小梅は諦《あきら》めなかった。ちょうどアパートの更新時期で金欠だった相馬に、店の二階を格安で貸す条件を提示してきたのだ。

というわけで、相馬は早朝から自分の朝食もそこそこに、卵焼きを焼いている。

小梅は地元愛に満ちた娘で、地元の食材や食器を使うことにこだわっている。

したがって、当然、普通のだし巻き卵ではない。昨日のランチのちらし寿司に使用した香箱《こうばこ》ガニで出汁をとり、残ったすり身と三つ葉も加えて、ふんわり甘めのだし巻き卵を作る。

新潟の燕三条《つばめさんじょう》まで出向いて手に入れた卵焼き専用のフライパンに、油を多めに引く。卵液《らんえき》をフライパンに流し、中火で一気に焼き始める。

冷蔵庫から食材を次々に出していた小梅が、横合いから声をかけてきた。

「相馬くん、卵足りる？　えーと三本は焼いてほしいけど」

「四本くらいいけるよ」

「ありがとー」

「卵焼きをおでんに入れるっていうのが、いまだに不思議な感じする」

そうなのだ。今焼いている卵焼きは、ランチで提供するおでんに入れるためのものだ。金沢は寒さの厳しい雪国だから、おでんや鍋はどこでも人気だ。「こうめ」は若い女性観光客にも人気の店だが、スイーツはともかく、ランチメニューとしては、なかなか渋いものを出すと思う。おかげで地元のお年寄りの常連もちらほらいる。

とはいっても、酒を伴う夜のメニューではないから、おでんのタネの数は少なく、加賀野菜の源助《げんすけ》大根に水ダコ、きんちゃく、こんにゃくに、この卵焼きくらいだ。

小梅は卵焼きの切れっ端を、ひょい、と口の中に放り込んで、

「おいし」

と丸い目を細めた。その顔を見て相馬は笑う。

「なに？」

「いや。美味しいって言う時、必ず鼻の頭にしわ寄せてんなーって」

「そういうしょーもないこと気づかなくていいから、手動かして」

「ごめんごめん」

相馬は次に、ハス蒸しに取りかかる。

粘り気が強い加賀レンコンをすりおろし、エビや銀杏《ぎんなん》を加えて練る。ここにあっさりした出汁のあんと刻んだゆずを加えて、小鉢《こばち》料理のひとつとして出す。

ランチメニューはたいてい二種類のお膳《ぜん》で、今日は九谷焼《くたにやき》の大ぶりの碗《わん》にメインでおでんか治部煮を選び、小鉢がハス蒸しと五郎島金時《ごろうじまきんとき》の煮物、漬物を細かく刻んでじゃこと一緒に混ぜた玄米おにぎりと胡麻味噌《ごまみそ》おにぎりに、デザートには小さめの抹茶プリンがつく。

小梅は治部煮の仕上げに入り、「ほら」と相馬にも味見をさせた。想像以上に旨味《うまみ》が凝縮された一口で、相馬も思わず微笑《ほほえ》む。

時刻はすでに午前十時。十一時の開店までにまだ時間はあるが、のんびりもしていられない。

小梅が炊《た》き上がった米を確認した。釜《かま》を開けると甘い湯気がたちのぼる。米も地元農家から直接仕入れている。小梅は米の粗熱《あらねつ》をとっている間に、野沢菜《のざわな》を細かく刻み始めた。

相馬はハスのたねを蒸し器にセットし終え、一息つく。

「純平《じゅんぺい》のやつまだ?」

「うん。遅すぎるよね」

「抹茶プリン、あいつの担当だろ?」

「そーなん。もし間に合わなかったら、あいつシメる」

その場合はおもてに出す黒板メニューも書き換えなければならない。

駒野《こまの》純平は「こうめ」のもうひとりのスタッフだ。相馬は仕込みと開店準備を手伝っているが、純平はおもにスイーツのメニュー作りと客席を分担している。料理も得意なのだが、ランチメニューの主戦力となるには、朝が弱い。そのため昼の開店時にいつもギリギリか、遅れてやってくるのが常だった。

小梅がビニール手袋をして、おにぎりを結び始めた。

「はっ、ほっと」

粗熱をとった米は、それでもまだ熱いらしい。そっちも手伝ってやりたいが、相馬が作るとなぜか別物になってしまう。手の小ささがいいのか、力加減が絶妙なのか、小梅が作るおにぎりは形といい味といい、本当に美味で、看板メニューのひとつになっている。

相馬は雪平《ゆきひら》鍋をコンロにかけ、ハス蒸しのあんを作りながら言った。

「毎日見てるけどほんと感心するわ、小梅の手際のよさ」

朝早くから厨房に入るとはいえ、これだけのメニューを考え、絶対に間に合わせるには、料理の手が早いことに加え、無駄のない段取りを考え、動かなければならない。

「相馬くんだって、まだ若いのに煮物も上手だし、だし巻き卵も天下一品だよ」

「いやいや、小梅の作るおでんこそが天下一品だよ」

「なに言ってんの、相馬くんが作ったふろふき大根初めて食べた時、あたし気ぃ失うかと思ったもんね、美味しすぎて」

「同じこと俺も思ったね、小梅のサバカレー食べた時。サバかよって最初思ったけど、俺の中じゃ、以来カレーといえばサバ」

「あれね、割と簡単だしねー」

そこで相馬と小梅は顔を見合わせて、にかっと笑った。それからまたそれぞれ目の前の調理に戻り、無言になったかと思いきや、

「単刀直入に聞いちゃうけど」

出た。小梅の「単刀直入」。今までこれで言われたことは数知れず、「こうめ」への突然のリクルートに始まり、「もっと材料費ケチって買い物してきてよ、高すぎるよこの魚」や、「大根の皮とか捨てないでくれる？　賄《まかな》いできんぴら作るのに使うから」とか、「前髪鬱陶《うっとう》しいからそろそろ切ったほうがいいよ」まで、いろいろだ。

はたして今日は。

「沙希《さき》さん、元気？　昨日、来てたんでしょ」

だった。

相馬は雪平鍋を揺らしながら答える。

「うん、まあ、元気だよ。あの子はいつも。ってか、なんでわかった？」

沙希は突然現れ、だいたい早朝には帰ってゆく。小梅とは会わなかったはずだ。

「玄関に花柄の傘、置き忘れてたよ。相馬くんのじゃないもんね」

「俺のじゃないねぇ……」

花柄か。確かに沙希のだろう。しかし不思議だった。昨日は晴れていたし、今日の予報でも傘の出番はなさそうだ。あの、すべてにおいて行き当たりばったりで生活しているような沙希が、傘を持ってくるなんて。

「ごめんな。あとでしまっておくよ」

「うん」

小梅はにっこり笑って再びせっせと米を握りだす。

結局、「単刀直入に聞きたいこと」とは、沙希が元気かどうかってことだったのか？　それならあえて、そんな聞き方をすることはないだろうと思う。

小梅の白い小さな顔の中、ややアンバランスに太い眉が、少し困ったようにひそめられている。

なんだか小梅らしくない。

「あのさ、……」

相馬が小梅からさらに話を聞き出そうとした、その時。

「なーんか、楽しそうやねえ」

こむ。

「そうやねえ」

ひそやかなのに聞こえよがしな声が、すぐそこからした。

相馬は小梅と目を見合わせたのち、厨房の流しに面したカウンターの向こう側をのぞきこむ。

ふたつの頭が見えた。カウンターの下の壁にぴたりと背中をくっつけるようにしてしゃがみこみ、何かをもぐもぐと食べている。

あれは老舗和菓子屋「金仙堂《きんせんどう》」の三色最中《もなか》だ。ひとりは件《くだん》の駒野純平、やはり老舗の割烹店「駒野屋」の御曹司《おんぞうし》。もうひとりは老婆だ。

「いつのまに入ってきてたんですか、タケ子《こ》ばあちゃん。純平も」

老婆は立ち上がり、うふふと笑った。

吉川《よしかわ》タケ子。推定年齢八十歳、自称永遠の二十四歳の老婆は、「こうめ」の常連だ。かつては花街のお茶屋で芸妓《げいぎ》をしていたのだという。今は引退して、市営住宅で年金暮らし。身寄りもなく、三日に一度はここに顔を出す。それも今日のようにまだ店が開く前からやってきて、カウンターの一番端に腰掛け、ランチを食べていく。

小梅はタケ子からランチ代を取らない。実家の両親とも顔なじみで、嘘《うそ》か本当か知らないが、「タケ子が現れるところ必ず繁盛《はんじょう》する」という都市伝説のようなものがあるらしい。

そのため、方々の店で無銭飲食をしても、「あんやと存じみす」の一言だけで許され、歓迎されて、大切にされているとか。

見た目は、本当に普通の老婆だ。小梅よりもさらに小柄で、髪はすべて純白、顔はしわが深く刻まれているものの、肌艶《はだつや》はいい。着ているものは地味な色合いのブラウスやセーターに、色あせたズボン、継《つ》ぎ接《は》ぎだらけの藍染《あいぞめ》のポシェットを斜めがけにしている。

「おはようさん」

そのタケ子の隣に同じように立ち上がったのが駒野純平。ひょろりとして、タケ子の隣だとますます高身長に見える。

「茶屋街の入り口でばったりばあちゃんと会ってさ、面白いからこっそり入ってって、君たちがどんな会話してんのか聞いてやろーってことになってん」

「純平、おまえ、そんなことしてる場合か」

相馬が時計を指差して言うと、純平はふふ、と笑った。

「抹茶プリンやろ。ちゃんと作って持ってきてあるって」

あー、と小梅が声をあげた。厨房の奥に置いてあるサブ冷蔵庫を開けている。

「ほんとや。こっちに用意してあった」

「昨日夕方、店閉まってから持ち込んだんや。けっこういい出来やよ」

純平はいつも、どちらかといえば薄着で、ルーズな装《よそお》いだ。今日は長袖《そで》のTシャツにスウェットパンツ、両耳に一粒ダイヤのピアスをしている。長めの薄茶の髪、柔らかな物腰。好きなことはスイーツ作り、時々料理、それから和小物作り。

地元の美術系専門学校を出ている純平は、手先が器用で、独特のセンスの持ち主だ。「こうめ」の一角では、加賀繍の生地を使った小さながま口や、ストラップ、印鑑入れなどをカゴに入れて販売しており、これらの商品も純平が作っている。最近では、古い着物の生地を使って作るピアスや、カラフルな水引《みずひき》を使用したヘアピンも人気だ。

前に小梅が純平のことを、「乙女系男子」と言っていた。ふたりは幼馴染《おさななじ》みで、純平はやんちゃな男子たちによくいじめられていたのだという。それを小梅が小さな体を張って庇《かば》ってやっていたらしい。

そのせいか、純平はいまだに、小梅に頭が上がらない様子だ。

「小梅ちゃんに味見してほしくて一個多く作ってあるし。今味見して、ね？」

背は高いのに、母親に褒《ほ》められたい男子小学生のようだ。

相馬もサブ冷蔵庫のところまで行った。

中に、銀のトレーに載せられたプリンがずらりと並んでいる。器《うつわ》は九谷焼の特注品で、和の雰囲気だ。肝心《かんじん》のプリンは抹茶の色合いも美しく、ちょこんと絞られたホイップとおたふく豆、金箔《きんぱく》のフレークがいいアクセントになっている。

「いいな」

「うん、綺麗《きれい》だし、可愛い」

小梅は抹茶プリンをひとつ取り出し、作業用のテーブルに置いた。純平とタケ子まで厨房に入ってきている。

小梅がスプーンを四本出して、相馬、純平とタケ子にも手渡した。

「どれどれ」

順番にひとさじずつすくって味見をする。

小梅は味見が好きな娘だ。

「おい、しーい！」

また鼻の頭にしわを寄せている。相馬も頬がほころんだ。甘すぎないのにコクがあり、なんといってもなめらかだ。器の底にはカラメルの代わりに黒蜜《みつ》のシロップも仕込んであり、プリンにうまく馴染んでいる。

「僕、天才やろ」

純平は無邪気に笑う。

「天才かどうかはともかく、純平のお菓子のセンスはいいね。見た目の軟弱さを裏切って、きちんと作ってるし」

　と小梅が褒めているのかけなしているのかよくわからないコメントをしたのに対し、相馬も頷《うなず》いた。

「どうやったらここまでなめらかになんの」

「え、そりゃあ裏ごしを三回くらいやれば自然と」

「三回！　なるほどなー」

　それはなかなか根気がいる。しかもこの数だ。小梅は食べ終わったプリンの容器を持ち上げてじっくりと見た。

「あと器もいいよね。これ、もう十個くらい追加注文しようかな。ティータイム用に」

「ランチの分は足りそうだから、ティータイム用のはもう一回り大きくすれば？」

「それ嬉《うれ》しいよね。おっきいプリン」

「いっそ和のデザートはサイズ変えてこのシリーズで統一するとか」

　相馬と小梅が真剣な顔で話し合っていると、純平が呆《あき》れた様子で口を挟んだ。

「君たちって、僕がいてもいなくても同じような会話してんだね」

「ほかにどんな会話するんだよ」

　純平は神妙な顔で答えた。

「僕たち若いんやから、たとえば人生のこととかや」

相馬と小梅は揃《そろ》って笑ってしまった。

「なんだそれ」

「純平おかしー」

「なんもおかしくない」

純平は何を思ったか、相馬の両手をがしっとつかむようにした。

「相馬、今度僕と飲も」

「えー、やだよ。おまえ酔うと妙に絡んでくるんだもん」

「僕はねえ、相馬ともっともっと仲良くなりたいんや」

「もう十分に仲良いって」

「いやそんなことない。相馬は僕にまだカベを作っている」

「いやそう言われても」

相馬は助けを求めるように小梅を見たが、小梅はにやにや笑うばかりだ。

「純平、ほーんと相馬くんが好きやねえ」

「好きや」

手を握られたままそう言われ、相馬は慌《あわ》てて身を引いた。

「友達として、だよな？」

純平はきょとんと目を見張ったが、すぐに真顔になった。

「好きに種類なんてないよ？」

「あるだろ」

もちろん純平にその気はない。知り合って三年くらいだが、彼女というものが途切れたためしはない。それも揃ってみんな可愛い子ばかりだ。つまり相馬はからかわれている。

「相馬や」

おっとりとした声でタケ子が相馬を呼んだ。

「純平じゃ力不足やさけ。このばあちゃんがいつでも、相馬の話聞くわいね」

改めて言われると、相馬も困った。

「それは、ありがたいですけど。なんの話を」

「たとえばな？　好きな子ぉの話とか、好きだった子ぉの話とか、どんな子ぉが好きなのかとか、いろいろあるやろ」

「……つまり恋バナってことですね」

「恋バナ好きやあ。ばあちゃんこう見えてその道のプロやさけ、なんでも相談しまっしね」

相馬は即答した。

「今のところ大丈夫です」

「なーん。あんた、せっかくいい男なんに、何かが足らんわ。もっといろんなことで悩んだり、わろうたり、泣いたりせな。このままやと、つまらん、わらびしい（子供っぽい）男のままやで」

タケ子が柔らかな物言いでずけずけと言ってくるのは毎度のことだ。相馬はいつも通り笑って流そうとしたが、

「何かが足りない、か」

ふと思い出したことがあって、呟《つぶや》いた。

「それ、楡崎《にれざき》さんにも言われるんだよな」

純平がへえ、と反応した。

「楡崎さんってあれやろ。相馬がお世話になってる『ときわ』のオーナー」

「そう」

「奥さんがすごい美人で、惚《ほ》れてるあまり、奥さんの名前を店名にしたんや」

「よく知ってんな」

「だって地元じゃ有名な美人だし。ね、タケ子ばあちゃん」

「ほうかねえ。小梅のほうが数倍かわいいわいね」

「いや、あたしをそこで比較せんといてよ」

小梅は本気で嫌そうな顔をして、テーブルを熱心に拭きだす。

相馬は、楡崎の妻「常盤《ときわ》」を思い浮かべた。確かに美人だが、もう五十歳に近い。相馬のことも、我が子同然に可愛がってくれている。

「ときわ」は金沢では有名な家具ショップだ。楡崎幸治郎《こうじろう》は家具職人で、ときわのオーナーであり、相馬は彼の弟子だった。もともと料理が好きで、小梅の出してくれた条件もよかったために、今、茶房を手伝っているが、相馬の本来の夢は一人前の家具職人として自立することだ。

近頃、相馬はときわの工房でようやく仕事めいたものを任されるようになってきたし、少ないが給料も出ている。しかし楡崎は、相馬が作る作品を認めようとしない。「何かが足りない」と言って。

「そやさけ、恋をするまっし、恋を」

ずい、としわだらけの顔が急に間近に迫ったので、相馬は驚いた。

「タケ子ばあちゃんさあ。そんなに俺に恋愛させたいの」

「あんただけじゃない。小梅にも、ばあちゃんは、いーい恋してもらいたいがや」

「タケ子ばあちゃん、いじっかしいげんて。その話せんといてて、いつも言っとるがいね」

　小梅が語気も荒く言った。いじっかしい、は金沢弁で、「しつこい」という意味らしい。小梅は怒ると金沢弁が出てくる。

「うちはねえ、本気でこの店を軌道に乗せたいがや。五年以内に借金返さんと、見合いさせられるさかい」

　茶屋の末娘である小梅は、両親を説得してこの茶房を開いた。実家の資産でもあるこの町家を改装する資金を得るため、銀行に借金もしたが、山野尾の名前がなければ難しかっただろう。

　相馬も小梅の母親と話したことがあるが、「あの子は頑固だから、言い出したらきかん」と言っていた。小梅の両親は、頑固で一本気な娘に商売の難しさや現実を学ぶいい機会として、数年の猶予《ゆうよ》といくつかの条件をもとに、茶房をやることを許し、援助もしたのだ。

　ただし、営業はランチタイムとティータイムのみ。夜の営業はまだ許されていない。小梅は夕方五時には店をしめ、実家の茶屋の厨房《ちゆうぼう》に見習いとして入っている。そこで一人前と認められ、かつ、茶房「こうめ」の客足も安定したら、終日営業することができる、という約束になっているらしかった。

茶房は、今のところ順調だ。昨年、若い女性をターゲットとしたガイドブックに載ってからは、客足も増えた。相馬はカウンター席にちょこんと座る老婆を見たが、まさかな、と首を振った。

小梅は、ややつっけんどんに続けた。

「ほんと、今はそんな、愛とか恋とか、どうでもいいさけ。それに相馬くんには美人の彼女さんがちゃんとおるんやし。ね？」

「お、おう」

話を振られ、相馬はとたんに居心地が悪くなってしまう。こういう空気は昔から苦手だ。

「ほうなん」

タケ子がしわだらけの口元をすぼめ、小梅に淹《い》れてもらった茶をずずっと飲む。

「まあ、やわやわぁっとやんまっしね」

ゆっくりとやればいいよ、という意味だ。相馬はなぜか、タケ子のこの言葉が好きだ。

「じゃ、俺そろそろ行くから」

午前中は茶房の仕込み、午後から夜までは、家具工房で働いている。

上着を着て、マフラーをすると、相馬は外に出た。

ランチの黒板メニューがちゃんと出ている。

茶房こうめランチメニュー（千五百円也）
加賀膳　治部煮
鏡花膳《きょうかぜん》　加賀野菜のおでん
小鉢二種　おにぎり　デザート（抹茶プリン）

石畳の小道に小さなつむじ風が生じ、枯れ葉を巻き上げた。相馬は愛用の自転車にまたがり、ゆっくりとこぎ出した。

2 初雪と彼女

柔らかな照明の下で、そのテーブルはこっくりと深い艶《つや》を発している。木の匂いが芳《ほう》醇《じゅん》なウイスキーのように醸《かも》し出され、空間を演出している。

相馬《そうま》は目の前のテーブルをそっと撫《な》でた。

八人がけの大テーブルで、家具ショップ「ときわ」の目玉商品だ。数日後には店頭に並ぶが、今はショップ裏の工房で職人による最後の調整を待っている。

ときわの家具は人気があり、地元だけでなく全国からも注文が入る。特にブライダル商品としてのテーブルや椅子《いす》は売れ行きが好調、最短で二年待ちの状態が続いている。

相馬は「ときわ」の家具職人の見習いだった。東京から金沢《かなざわ》に越してきて、五年の歳月が経《た》とうとしている。

相馬は東京で生まれ、十九歳まで都内の安アパートで母親と暮らしていた。

両親は相馬が二歳の頃離婚している。父親の記憶はまったくない。母の恵美子《えみこ》はスナックの客商売で相馬を養った。大学は都下の理工学部に進んだが、十九の時、何気なく立ち寄った家具の展示会で運命の出会いがあった。

見た瞬間、これだと思った。幼い頃から、自覚はないままに、何かをずっと求めていた。それが目の前にある。自分もこのようなものを作りだしたい。その思いが膨らんで、その日のうちに電車に飛び乗って、金沢までやってきた。

飛び込みで弟子入りを願い出た相馬を、ときわのオーナー兼家具職人の楡崎幸治郎《にれざきこうじろう》は、案外すんなりと受け入れてくれた。ただし、条件があった。

家具とはまったく別の勉強、もしくは仕事を、ひとつは続けること。

ときわの見習いは、相馬を入れて五人。全員が、それぞれ別の仕事や学業と掛け持ちをしていた。一人前の家具職人になるには技術も大切だが、それと同じくらいに、人生経験も必要なのだと、楡崎は言った。一見無縁の職業や勉強でさえ、いつか必ず家具作りに反映できるものだと。

そのため相馬は、こちらの大学で人文学類の聴講生の資格を得た。そして二年間の通学を終えてからは、茶房《さぼう》と、家具工房を行き来する生活を送っている。

「相馬くーん」

倉庫の奥の事務室から、同じ見習い仲間の遠藤七恵《えんどうななえ》に呼ばれた。七恵は三十二歳で、地元で保育士をしながら、オフの日や夜にここで家具作りを習っている。

相馬が作業の手を休めて事務室に行くと、ほかにも数人の見習いが集まっており、パソコン画面をのぞきこんでいた。

「ほら、こないだの北陸アートコンペ。最終選考通過者のところに、相馬くんいるよ！」

七恵が興奮したように言い、周りからもおおっと声があがった。

「すげーな、倉木《くらき》」

「このコンペに出したのって、あの椅子だろ？　オーク材組み合わせたやつ」

「あれよかったもんなー」

相馬は信じられず、画面をのぞきこんだ。確かにそこには、倉木相馬の名前がある。

頭の芯《しん》がくらっとするほど痺《しび》れ、相馬はふうと息を吹き出した。

このコンペは若手作家の登竜門と言われる。相馬が出品したのは確かに自信作の椅子だったが、まさか最終選考に残れるとは思わなかった。

見習い仲間たちや、現場の職人からも次々に褒《ほ》められ、相馬はくすぐったいような気持ちになる。誰かに何かを認められるという経験が乏《とぼ》しかった。しかし、

「まだ最終結果は出とらんぞ」

冷や水を浴びせるような低い声に、場がしんとなる。

「楡崎さん」

やべっと誰かが呟《つぶや》いた。相馬の師匠であり、ときわのオーナーでもある楡崎が、事務室の出入り口に立っていた。

「無駄話をしている時間があるやつはおらんはずやけどな」

じろりと睨《にら》まれて、全員が慌《あわ》てた様子で事務室を出てゆく。相馬をのぞいて。

相馬は一瞬固まったようになっていたが、すぐに作業をする楡崎の背後まで行った。

「楡崎さん。俺、あの椅子は自信作だったんです」

「そうか」

楡崎は手を休めることなく応じる。決して高圧的な男ではない。ただし、滅多なことでは人を褒めたりはしないのだ。

それが相馬にはもどかしかった。

この工房に弟子入りして五年。誰よりも寸暇《すんか》を惜しんで技術の取得にあたったたし、弟子の中でも一番、いいものを作れると自負もしている。しかしなかなか、この師匠から認められることは難しいのだった。

「おまえの作るモノな、確かに完成度は高い」

楡崎はカンナを使う手を休めることなく言う。四十七歳、無精髭《ぶしょうひげ》もどこか色気があり、端整な肉体と節くれだった職人の手がすばらしいと相馬でさえ思う。しかし相馬に投げられた眼光は鋭く、容赦《ようしゃ》のないものだった。

「だがそれだけや」

「それだけってどういうことですか。ほかに何が足りないんですか」

「自分で考えろや」

楡崎はそっけない。

「そうじゃなきゃ意味がねえやろ」

相馬ははっとし、唇を噛《か》む。それから頭を下げると、工房の出入り口へと向かった。

「相馬くん」

遠藤七恵が慰《なぐさ》めるように言った。

「気にしなさんな。楡崎さん、若い相馬くんの才能に嫉妬《しっと》してるだけかもよ。普段は相馬くんのこと買ってるんだから」

楡崎は若手に嫉妬するような狭量な男ではない。楡崎が相馬をなかなか認めないのは、それ相応の理由があるからだ。実際、タケ子《こ》にも似たようなことを言われたではないか。

しかし何が相馬に足りないのか、相馬自身わからない。

「ちくしょー」

悪態をつきながら自転車をこぐ。頬《ほお》にあたる風は冷たく、冬の訪れを強く予感させた。

雪が積もったら、自転車は使えない。市内を循環するバスを利用することになる。

兼六園《けんろくえん》の木々が、雪つりという、雪よけのためのカサをかけられ、ライトアップしている。冬の風物詩だ。

一週間以内には、初雪が降るだろう。金沢の気候は東京とはずいぶんと違う。人も違う。こちらの人間は人情に厚い人が多く、初対面の相馬が弟子入りを許されたのもそうしたことだとは思う。

わかっている。相馬は恵まれている。やりたい仕事があり、道はできている。師匠にも仲間にも恵まれている。

恋人もいる。

それでも何か、満たされないものを感じていた。特に今日のような日は、やりきれない気持ちを抱え、それを払拭《ふっしょく》しようと自転車をこぐスピードもあがる。

だから、橋を渡り、茶屋街《ちゃやがい》を通り抜け、町家が見えてきた時。

相馬はホッとした。

二階の相馬の部屋に、明かりが灯《とも》っていたからだ。

時刻は夜の九時を回ったばかりで、こうめの暖簾《のれん》もメニューボードも片付けられている。自転車を脇にとめ、引き戸に手をかけると、鍵はかけられていなかった。

不用心だな、と思いながらも気が急《せ》いて、スニーカーを脱ぎ、階段を駆け上がる。

二階は狭く、六畳と続きの四畳半の和室に、あとから改装工事で作りつけたらしいミニキッチンと、洗面所、風呂、トイレといった水回りがあり、一人暮らしには十分すぎるほどの環境だ。

本当は、小梅は実家を出て店をやりながら二階で一人暮らしをするつもりでいたらしい。しかしそこは、両親の許可が下りなかった。嫁入り前の娘に対する明確な線引きがあり、仕方なく、通いで店をやるはめになった。

テレビの音が聞こえてくる。相馬が部屋に入ると、こたつのところに、彼女が丸くなっていた。まるで猫のように。

「おかえりー」

沙希《さき》はこたつのテーブルに頬をくっつけた状態でこちらを見た。今朝まで一緒にいたのに、相馬はいつでも、彼女に会うと、久しぶりのような気がしてしまう。

真っ直ぐで艶々の、肩までの髪に、やや切れ長の瞳。とにかく色が白く、薄めの唇。いつも静かな佇《たたず》まいというか、そっけないような表情をしている。それでも、

「お腹空《なかす》いてる？」

相馬が聞くと、うん、と言って笑う。とても嬉《うれ》しそうに。その笑顔を見て、相馬も満たされる。

「すっごく空いてる。もう飢《う》え死にする」

大げさに言う沙希は、やはり、相馬のシャツを、当たり前のように着ているのだった。

今夜は冷えるから、「とり野菜」鍋にしよう、と相馬は冷蔵庫の食材を物色して決めた。とり野菜鍋は金沢の庶民料理だ。肉は鶏肉《とり》とは限らない。牛肉、豚肉《ぶた》、なんでもいいので、肉とともに多くの野菜、栄養を摂《と》る、というのが料理名の由来らしい。

この日は豚のバラ肉があったので、それと白菜、ネギなどをたっぷり刻み、専用のみそ調味料を水とともに土鍋の中に入れた。すると横に沙希がやってきて、ぴたりと体をくっつけるようにする。

相馬は横目で沙希をちらりと見下ろした。身長は相馬より十五センチほど低いが、とにかく細いので、さらに小柄に見える。

「寒くないの？」

「ぜんぜん。こたつあったかかった」

沙希は相馬のシャツを羽織っているのみだ。部屋の隅《すみ》に彼女のデニムが転がっているのも目に入った。

「俺のシャツな」

「ちょうだい」

「だめ」

「ケチ。新しいの買ってあげるから」

「それで自分のシャツ買えば」

「相馬のがいい」

卓上コンロをこたつにセットして、土鍋を運ぶ。ミニキッチンの横には相馬が自作したふたりがけ用のテーブルもあったが、沙希はこたつで食べるのが好きだ。

煮え上がったものを取り皿によそってやると、沙希は嬉しそうに箸《はし》をつけた。一口食べて、うーん、と唸《うな》る。

「やっぱりここのご飯最高」

相馬は、ははっと笑う。沙希は食事の時、いつも本当に幸せそうな顔をする。

「二日続けてくるなんて珍しいね」

「明日からまた缶詰になりそうだから。人間らしい生活してこいって、教授が」

沙希は地元国立大学の、院に在籍している。専攻は薬学、それも創薬科学だ。相馬は専門外で詳しくないが、研究室の教授は世界的な権威で、そこに所属することはよほど優秀なのだと、純平《じゅんぺい》が言っていた。

沙希の家は金沢郊外にあり、一応は、祖父母と同居しているらしい。交際はかれこれ一年になるものの、それ以外に詳しいことはあまり知らない。ただ、研究が佳境に入ると、往復三時間はかかる家との行き来が面倒臭くなり、そのまま研究室に寝泊まりすることが常らしかった。

比較的大学に近い相馬のところには、今夜のように、なんの連絡もなく突然やってくる。

「俺が今日いなかったらどうした？」

「いつもいるじゃない」

「夜もっと遅かったら？」

「相馬が帰ってきて一番初めに見るのは、女の死体ということになるね」

「お腹空きすぎて？」

「そう」

沙希はおかしそうに笑いながら、次々に箸を動かす。具材があらかたなくなったところで白米を入れ、卵を落とすと、子供のように手を叩いて喜んだ。

初めて会った時も、沙希は腹を空かせていた。相馬は、息を吹きかけながらしめの雑炊《ぞうすい》をすする沙希を見つめ、一年前を思い出す。

金沢に初雪が降った日だった。

夜、相馬は工房からの家路を急いでいた。まさか今日雪が降るとは思わず、うっかり自転車だったため、雪が積もる前に帰宅しなければと焦っていた。それで、いつもよりスピードをあげて、兼六園そばの公園を突っ切ろうとした時だ。

角の植え込みを回ったところで、大きく叫び、ハンドルを切った。突然、目の前に倒れている人間に遭遇し、危うくひいてしまうところだったのだ。

回避できたのはよかったが、相馬はバランスを崩し、自分が自転車ごと転んで植え込みに突っ込む形になった。

植え込みのおかげか覚悟したような怪我はなかった。相馬は起き上がり、車輪が回り続けている自分の自転車越しに、その人物を見た。

心臓が止まった。髪が長い女がうつ伏せで倒れている――冗談ではなく、死人かと思った。

「ちょっと」

相馬は慌てて、女に駆け寄り、体を揺さぶった。

「大丈夫ですか？」

するとむくりと、女が起き上がった。相馬は二度驚いて、声を失った。

白い顔が、蛍光灯《けいこうとう》の下で、発光したように光っていた。なぜか、昔聞いた、白ギツネが出てくる民話を思い出した。白ギツネが人間の女に化けて猟師《りょうし》の男に会いに来るという、そんな話だ。

白い顔、そして狐というよりは猫を思い出させるような目が、相馬をじっと見据えて、言った。

「……なんか持ってる？」

「え？」

「お腹が空いて、たぶん、もうすぐ死ぬ」

彼女はかすれた声で呟いた。それが、松葉《まつば》沙希との出会いだった。

腹が減ったと言われると、放っておけない性分である。相馬は、物心ついた時からそうだった。

「お鍋、美味《おい》しかったね」

夜半、布団《ふとん》の中で沙希が呟く。

「そんなに？」

「うん。これから先、またおこもりの日々だから――お腹が空いて死にそうになったら、今日のお鍋を思い出してしのぐ」

「研究室でも何か食べることできるだろ？」

「差し入れとかあるよ。あとは交代でコンビニ行ったり、出前とってくれたり。でも全部、まずい。まずいの食べるくらいなら倒れる」

「空腹で死にそうになることよくあるよね。出会った時も」

「あの時は本当に危なかった」

電気を消した暗闇《くらやみ》の中で、沙希がひそやかに笑う。

「大学から駅に向かう途中で力尽きちゃって、倒れてたんだ」

「バスに乗ればいいのに」

「バス代もなかった」

確かに、あの時、沙希はほとんど金を持っていなかった。相馬は沙希を家に招いて、冷蔵庫の残り物で親子丼を作ったのだ。

「あの時の親子丼、すごくすごく美味しかった。また作って？」

「いいよ」

「あとスープも。ワカメとネギの」

「うん」

また沙希が笑う。ふふふ、と本当に嬉しそうに。

「なに？」

「あのね。あたしが相馬に、ご飯作って、とか、あれ食べたい、とか言うでしょう？　そのたびに、相馬って、絶対に断らない。どんなに夜中でも、うん、とか、ちょっと待ってねって。すごく優しくそう答えてくれるでしょう？」

「まあ、そうかも」

「その時、あたし、世界で一番幸せな女の子みたいな気持ちになれる」

沙希はそんなことを囁《ささや》いた。相馬は沙希のほうを向いて、手を伸ばし、彼女の髪を撫でた。

「いいじゃない。世界で一番幸せなら」

「そうなんだけど。お腹が空いてくると、世界で一番不幸な感じになってくる」

「おかしなこと言うなあ」

相馬は苦笑した。

「まさかもう、お腹空いたとか？」

「ううん。今は、ちゃんとお腹いっぱい」

沙希は囁いて、相馬の腕の中にすっぽりおさまるように身を寄せてきた。相馬も彼女を抱きしめる。外は寒く、冬の気配が、屋内にも満ち始めている。

それでも、ふたりで同じ布団にくるまれば、こんなにも暖かい。

それなのに。

沙希はすぐに、死にそうだとか、不幸だとかいう言葉を口にする。実際に、無表情に近いような、人形のような、かと思えば、寒くて仕方がないような顔をする。

「あたしがどうして、相馬の服を持っていくかわかる？」

沙希はさらに、そんなことを聞いてきた。相馬は一日の疲れが出て、眠気と戦いながら答える。

「服が少ないから」

「相馬よりは多いよ。家のクローゼットいっぱいに、まだ着てない服もぱんぱんに入ってる」

「それ着ないの？」

「うん。何ひとつ、自分のものじゃない気がするんだ。自分で選んで買った服でも、おじいちゃんたちに養われている身だから」

両親は？　と一度だけ聞いたことがある。沙希はうっすら笑って答えなかった。それで相馬もそれ以上、家族のことを聞くのをやめた。相馬自身、沙希はおろか、小梅《こうめ》や純平、楡崎にも、自分の生い立ちや母親のことを詳しく話すのははばかられていた。

「でも、服が欲しいわけじゃないの。相馬のものを、何かひとつ持っていきたいの。あのね、あたし、変態かもしれない」

「ええ？」

相馬は寝そうになりながらも、沙希の突拍子もない言葉に笑う。

「研究室で、夜中とか、休憩の時、相馬のシャツの匂い嗅《か》ぐの。そうするとなんだか安心する。ここで、お腹いっぱいに美味しいもの食べて、世界で一番幸せな女の子になった時のことを思い出す」

今までに持ち出されたのは衣類が中心で、シャツが数枚と、Tシャツ、トレーナーなどだ。さすがに下着や靴下はないものの、手袋を片方持っていかれた時は困った。

しばらくするとそれらはちゃんと洗濯されて返される。そしてまた相馬が身につけた翌朝に、消える。匂いを嗅ぐためだったのか、と相馬は驚いたものの、結局、そのまま眠りに落ちていった。

翌朝、相馬が起きると、沙希の姿はすでになかった。いつものことだ。そして今度も、前日着たTシャツが消えていたのだった。

茶房こうめランチメニュー（千五百円也）
加賀膳《かがぜん》　加賀ナスとひよこ豆のカレー（古代米またはナン）
鏡花膳《きょうかぜん》　能登牛《のとうし》の網焼き（じゃこと野沢菜《のざわな》のおにぎり）
小鉢《こばち》三種　デザート（ほうじ茶と黒豆のシフォンケーキ）

「今週作りたいメインはいろいろ根菜のごま汁と、手羽先の甘辛炒《いた》め。カツオのたたきサラダとか、にんじんとすき昆布《こんぶ》の炒め物、厚揚げとお肉の炊《た》き合わせも作りたいな。ほかの副菜は今日の特売品を見て決めるわ」

メニューを読み上げる時、小梅はほっこりした顔をする。つられて相馬も笑顔になりながら、小梅からひょい、と材料を書き出した紙を取り上げた。

「じゃあまず市場から行くか」
「だね。帰りに齋藤《さいとう》さんのところで野菜と果物買うわ」
「了解」

早朝、古い軽トラックに乗り込んで、相馬が運転し、小梅がメニューの最終チェックをする。だいたい三日分の買い物を、一日で行う。小梅は夕方から夜は実家の茶屋を手伝っており、相馬も工房があるために、茶房にかけられる時間は限られている。

「こないださ、ピーマンにしらすとチーズ載せて焼いて出したでしょ？　あれ、割と好評だったからまたやりたいんやよね」

「あれ俺も好きだよ。オリーブオイルちょい多めにかけて」

「そうそう。しいたけバージョンでもきっと美味しいよね」

「本当は俺、しいたけはそのまま焼いて食うのが好きだけど、まあメニューとしてはありかも」

「まーねー、あたしだって本当はさ、ストーブの上でさっと焼いて、すだちと醤油《しょうゆ》で食べるのが好きねん。でも前にそれ出したら、純平が地味すぎるって」

「地味なの、いいのにな」

「本当」

小梅とはこんな風にほとんど料理の話ばかりしている。

金沢は冬が訪れ、雪景色が広がっている。車内の暖房は程よくきき始めた。ふと、会話が途切れた時に、小梅が穏やかな声で聞く。

「最近、沙希さん来てなくない？」

「あー。ここ一週間くらい会ってないけど」

相馬の服を持ち出す理由を話してくれたあの夜以来、沙希は現れていない。忙しくなると言っていたから、相馬もあまり気にしていなかった。

「もっと連絡とれば？　恋人なのに」

「彼女、携帯も持ってないから。研究室に泊まり込みになったら、連絡取りづらい。それにこっちも用があるわけじゃないし」

「会いたくならないの？」

「会いたくなったら向こうから来るよ。突然、真夜中とかにも」

沙希はそんな女だ。基本的には時間に縛られない、誰にも縛られない。研究に没頭している時は、おそらく、相馬の存在も忘れている。

「あと、腹が減ったらやってくるかな。なんか食べさせてーって」

そういうところは、東京の母と似ている。自由で、でも時々唐突に甘えてくる。

「なにそれ」

不服そうな声に横を見ると、小梅は実際、膨れているようだった。

「相馬くんが会いたいって気持ちはどうなるん？」

「うーん。まあ、俺も基本的には忙しいからなあ」

実際、最近の相馬は、家具のことで頭がいっぱいだ。自分に足りないものを見つけて、テーブルや椅子という形に反映させる。

「じゃあ、そんなに会いたくならないいん？」

今日の小梅は、常になく食い下がってくる感じだ。相馬は少しスピードをゆるめつつ、隣に座る彼女の横顔をもう一度見た。

怒った様子で正面を見ている。

「なんでそんなこと知りたいんだよ」

「あたしさ、相馬くんに我慢してほしくないいんだよ、何事も」

意外なことを言い出すので、相馬は驚いた。

「我慢？」

「あたしや純平って、この土地が故郷だから、何があってもたぶんずっとここにいるんだろうなって思うけど。相馬くんは違うから。仕事とか、友達、恋人との付き合いであんまり嫌な思いしてほしくない。金沢のこと嫌いになって出ていってほしくないし」

そんなことを心配していたのか。相馬は笑った。

「嫌いにならないよ。自分から飛び込んできたんだし」

「じゃあ、この先もここにいる？」

「それは正直わからないけど」

相馬が金沢に居続けるのはまだ楡崎に学ぶことがあるからだ。もちろん小梅や純平との縁や、沙希の存在も大きい。それでも、いずれは、東京に帰るつもりでいた。

母親がいる。先々は面倒を見るつもりでいる……しかし最近、そのことを考えると、なんだか喉《のど》が苦しくなる。食べたものをうまく飲み込めなかった時のように。

相馬は軽く咳《せき》払いをして、続けた。

「この先どこに住もうと、ここも特別な場所になるよ。誰と付き合ってどんな風に別れようと」

沙希は、気まぐれに相馬のところにやってくる恋人。来ても、丸二日と一緒にいない。大抵は夜か、明け方にやってきて、食事をし、一緒に少し眠り、早朝か、相馬が出かけている間に鍵をポストに入れてまたいなくなる。

昼間に一緒に買い物をしたり映画を観たりといった普通の恋人同士がするようなことは、交際一年になるが、数えるほどしかしていない。

相馬のほうが会いたいと思うことは、もちろんあった。しかしそれを沙希に伝えたくても研究室にこもられれば連絡の手段はないし、次に会う時は、そういうことを言い出すのもはばかられ、結局沙希の都合に合わせるような日常が続いている。

「でも実際、俺たちは今の感じだからこそ、続いている気がするんだよな」

「なんかさ」

小梅が少しやりきれないといった感じで呟く。

「沙希さんにとって、相馬くんって、お母さんみたいだよね」

これには相馬もぎょっとした。

「えー、なんでだよ」

「いつでも帰れば美味しいご飯作ってくれたり、あったかい寝床用意してくれたり」

相馬はどう答えたらいいか困った。少なくとも、相馬の母はそんな感じではなかった。

「小梅は育ちがいいもんなあ」

当たり前の母親像を結べるという点において。しみじみ呟くと、小梅は、なにそれ、とさらに膨れる。

「でもな、沙希が俺と会いたいと思う理由が飯とか寝床だっていうならさ、それはそれでありかとも思う、俺」

「じゃあ今のままお母さん扱いでいいってことなん？」

「自分だって同じなくせに」

「なにがよ」

「食で人を喜ばせたいから、店始めたんだろ」

そんなことをしなくても、小梅は金沢でも屈指の茶屋の娘だ。実家は小梅の兄が継ぐが、両親は、小梅にも店で見習いをしたのち、しかるべき旧家に嫁がせたいと思っている。

しかし小梅は、女に学問はいらないという両親の古い考えを受けつけず、大学は人間社会学の分野で地域創造を学び、卒業後は自分の力で地域振興に貢献したいとがんばっている。

「俺も小梅に胃袋つかまれたくちだし」

「サバカレー？」

「ほかにも」

ふうん、と小梅はまんざらでもなさそうだ。

「あのね。タケ子ばあちゃんが言ってたの」

「うん」

「相馬くんはイケメンだけど、案外、女の子に免疫《めんえき》が少ないから。沙希さんに弄《もてあそ》ばれて捨てられたら、ボロボロになる」

「うわー」

完全に見抜かれている。確かに今まで何人かと付き合ったが、どの子も長続きしなかった。

「俺いっつも振られるからね」

理由は、たいてい同じだ。相馬が冷たいというのだ。相手が想ってくれるほどには相馬は相手に惚《ほ》れず、それが苦しいといって彼女たちは離れていった。

実際、あまり夢中になれなかったのも事実だ。どの子も可愛《かわい》かったし優しかったが、四六時中一緒にいたいかといわれればそうではなかったし、相馬が何かに夢中になると彼女たちのことを考える余裕はなかった。

そうか、と相馬はひとり納得する。

俺と沙希は似ている。

恋愛における距離感が互いに心地よい。

だから一年も続いている。

でも実際に、沙希がどういう女なのかは、いまだに未知で、謎に包まれているのだった。

その日も沙希は、突然相馬の家にやってきた。相馬が町家に帰ると、部屋に明かりが灯っていた。

相馬は束の間、その明かりを外から見つめる。幼い頃から、帰宅時に誰かが部屋にいるという生活には慣れていない。

朝、小梅と沙希の話をしたせいもあり、相馬は嬉しかった。胸のあたりが温かくなるのを感じながら部屋へと駆け上がった。

沙希の姿は、奥の部屋にあった。またしても、こたつにもぐりこむようにして眠っているようで、微《かす》かな寝息が響いている。相馬は隣に屈み込むと、沙希の、さらさらの髪をそっと撫でる。

すると沙希が目を閉じたまま呟いた。

「相馬」

「あー、ごめん。起こした」

「起きてたよ。あたし眠ったことなんてないもの」

「そりゃ大変だ」

くすりと笑った相馬の腕を、沙希が強く引っ張る。華奢《きゃしゃ》な彼女の上に倒れ込まないように片肘《ひじ》をついた。すると沙希が頭を少し持ち上げるようにして、相馬にキスをした。

「ちょっ……待ち」

「待てない」

沙希は薄いキャミソール一枚で、こたつの脇にはトレーナーとデニムが脱ぎ捨てられていた。相馬はねだられるままにキスを繰り返し、そのうち頭の芯がくらくらして、思考が乱れ始める。

こういうなし崩し的な行為は、あまり好きではなかった。物心ついた時から、自分なりのルールを作り上げ、それに則《のっと》って生活することに慣れている。それは自分を守るためでもあったし、時間を有効に使うことによるメリットも大きかった。

しかし沙希にルールは通用しない。勝手に部屋に上がり、脱いだ服を畳《たた》むこともせずにこたつにもぐり、帰宅したばかりの相馬を引っ張り込む。

あまり好ましくない展開にもかかわらず、相馬は沙希の求めを断れず、むしろ途中からは自分に火がついてしまい、やや乱暴な所作で上着を脱ぎ、衝《つ》き動かされるままに任せる。

そんな関係が、もうずっと続いていた。


「そのエプロン、どうしたの?」

背後から沙希が聞いた。相馬は台所に立ち、豚汁《とんじる》に使うごぼうの皮を剝《む》いている。

「小梅がくれたんだよ。俺が自分の服に頓着《とんちゃく》せずに料理してるから」

数日前に、小梅が「ちゃんとつけなよ」と言ってくれたのは、藍染《あいぞめ》のシンプルなエプロンだ。

「似合ってるね」

「そう?」

「うん。相馬、腰が細いから。そういうエプロンしてると、さらに身長高く見えるし」

「へえ」

「小梅ちゃん、相馬に似合うものがわかってるんだよね」

「誰でも似合うだろ」

たとえば相馬よりずっと華奢な純平が身につけても、違和感はない。シンプルだし、模様や縫《ぬ》い取りが入っているわけでもない。

相馬は鍋を取り出し、具材と、冷蔵庫にストックしてあるだし汁を入れた。すると沙希が、また言った。

「ちょっと寂しい」

え、と振り返る。沙希はまだキャミソール姿に相馬のシャツを羽織っただけで、こたつのところで背中を丸めるようにして座っている。

「相馬のエプロン、あたしがあげたかった」

相馬は苦笑しながら、皿をこたつのところまで運ぶ。

「くれてもいいんだよ、今からでも」

冗談めかして言うと、首を振る。

「二番目は嫌」

「じゃあ、気にするなとしか言えない」

皿をテーブルに置く。真鯛《まだい》の湯引きだ。なんとなくふてくされている沙希の気をそらすべく、

「今日、魚屋行ってさ。サービスでもらったんだよ。沙希、鯛好きだろ」

「ねえ相馬はさ、小梅ちゃんのこと好きになったことないの？」

やれやれ。

「うーん。ないなあ」

「どうして？　小梅ちゃん、女のあたしから見ても可愛いし、性格いいし、料理上手だし、育ちもいいし」

「沙希、嫉妬してんの」

意外に思って、じっと沙希を見た。今まで小梅のことを気にしたそぶりなどなかったからだ。

「嫉妬してる」

こういう時の沙希は素直だ。自分を偽《いつわ》ろうとしない。

「あの子のすべてに。あたしにないものをたくさん持っているのに、相馬の一番近くにいるかと思うと、もやもやする」

は、と相馬は微笑《ほほえ》んだ。

「沙希だって人にはないものを持ってるよ」

「たとえば?」

相馬はちょっと考えてから答えた。

「頭脳?」

沙希は今の研究室のホープなのだという。大学で優秀な成績をおさめ、研究チームに乞《こ》われる形でそこに残った。

「それに誰より綺麗《きれい》だし、純粋だし」

沙希は少し赤くなった。

「相馬はずるいな」

「なんで」

「そういうセリフを、臆面《おくめん》もなく言うから。そんな男ほかにいないよ」

「誰にでも言うわけじゃない。彼女にだけ」

すると沙希は、さらに頰を赤くしたのちに、なぜだか、切ない顔をする。

「そういうの聞くと、あたし、さらに悩んじゃうんだよね」

「どうしてだよ」

「相馬の過去の彼女のことが気になったりするの。おんなじように、そんな顔で、そんな甘いこと言って、美味しいご飯食べさせてたかと思うと」

「嫉妬深いな」

「うん。嫌いになる?」

「ならないよ」

相馬は沙希の頭をくしゃっと撫でて台所に戻る。鍋の火を止め、ふと考える。

小梅にもらったエプロンは、茶房でのみ使うことにしようかと。

この時はまだ、沙希の小梅に対する嫉妬は、可愛いもの、くらいにしか感じていなかった。


「昔話しよう」

夜半、また、沙希が言った。相馬はいいよ、と呟く。

「最近昔話好きだね」

それも、相馬がほとんど眠りに落ちそうになっているタイミングで始まる。

「話したいの。あたしがどうしてこんなに嫉妬深いのか」

「うん」

「よくある話だから、聞いても、忘れてくれて構わないから」

「忘れないよ」

相馬ははっきりと言った。どんなに寝ぼけ半分でも、沙希の話は忘れないと思う。それに交際一年で、沙希が自分の話をし始めたのは、いい傾向であるような気がした。

「小さいころ、両親が離婚したの」

それは、うちと同じだな、と相馬は考える。

「というよりね、お父さんが、ある日突然女の人と出ていったの。署名入りの離婚届とか、銀行の通帳とか、マンションの権利書とか、ぜんぶ置いて」

沙希が小学校にあがってすぐのことだった、と呟いた。

「お母さん、それからおかしくなっちゃってね。精神的に不安定になって、あたしのことを、毎日殴るようになったの」

相馬はそこで、はっきりと目が覚めた。暗闇の中で、沙希の瞳が、ガラス玉のようにきらきらと輝いている。唇は赤く、そこから吐き出される吐息のように、沙希は話を続けた。

「しばらくして、学校の先生が、あたしの状態に気づいて、児童相談所に引き取られたの。

そこに半年くらいいたけれど、その後は金沢のおじいちゃんおばあちゃんの家に」

「母親は？」

「一年か二年にいっぺんくらい、帰ってきた時に会っていたけれど、あたしが院に進んでからは、会っていない」

「おじいさんおばあさん、心配してないの？　沙希が家に帰らないことについて」

「してないと思う。というより、ほっとしてるんじゃないかな」

「ほっとしている？」

「中学生の時に、立ち聞きしちゃったんだ。おじいちゃんたち、あたしが寝てると思ってね。あたしのことが、怖いって」

怖い。それは、孫に使う言葉ではないだろう。相馬は自分の祖父母と縁がないが、一般的に、そのセリフはしっくりこない。

「あたしが、お母さんにそっくりだって。お母さんがお父さんに捨てられたのも、あの性格が災《わざわ》いしてるって。で、その性格をまるまる受け継いでいるあたしのことが、怖いって言うんだよ」

「たとえばどういうところが怖いの」

「普段は優しいの。穏やかだし、めったに怒らない。いつもにこにこして、見知らぬ人に親切にしたりもできる」

「うん」

「でもねえ、たぶん、心の奥底で、いつも怒ってるんだと思う」

「何について怒ってる？」

「自分自身について。うまくいかないこと、足りないもの、全部が自分のせいだって思ってしまうのね。で、そういった自己否定の気持ちが日に日に膨らんで、隠していても澱《おり》のようにたまっていって、ある日爆発する。いったん爆発すると、誰かを傷つけずにはいられない。お母さんは、時々お父さんを怒鳴って、殴ってたの。結婚前にも何度か、家で暴れたこともあったみたい」

相馬は少し黙り込んで考えた。どこかで、そういう病気の人の話を聞いたことがある。しかしそれを口にしていいものかどうか迷っていると、沙希のほうが言った。

「病院にも連れていったって。おじいちゃんもおばあちゃんも。結婚してからは、お父さんも。でもね、お医者さんは安定剤を出してくれただけで、軽めの鬱《うつ》としか診断されなかったって。おじいちゃんによれば、お母さんは計算高いところがあったから、うまく隠したんじゃないかって。病気の人の何倍もタチが悪いって。外ではそんな性癖のことはおくびにも出さず、家族にだけ、時折悪魔の顔をのぞかせるって」

相馬は暗闇の中で、じっと沙希を見つめた。

「でも、沙希は、お母さんとは違うだろ？」

「あたし、おじいちゃんやおばあちゃんに暴力なんてふるったことないよ」

「うん。俺にもないね」

ふふ、と沙希は笑った。

「じゃあどうして、似てるなんて言われたんだ？」

「いつもね、何かが足りない顔をしているところだって。お母さんの場合は、自己否定の気持ちが時々顔に出ていて、普段から、両親の愛情を試すみたいな行動が多かったんだって。わざと迷子になってみせたり、万引きしてつかまってみたり。あたしは迷子も万引きも経験ないけど、時々おんなじ顔をするらしいわ」

「顔で決められてもな。親子なら似てて当然だろ」

理不尽な決めつけだと相馬は腹が立った。しかし、沙希はゆるゆると首を振る。

「あたしお母さんの気持ちがわかるんだよ。不安なの。ひとりぼっちが怖いの。だから相手を束縛して、嫉妬する。同じなの。あたしも、恋人と幸せになればなるほど怖い。相馬があたしを嫌って、もっと可愛い子のところに行っても仕方がないんだって、日々自分に言い聞かせている」

相馬は言葉を失った。

それで、小梅に嫉妬したのか。まったく心配のないことだと、口で言っても、沙希は安心しない。

沙希は、さらに不穏な言葉を続けた。

「それだけじゃないよ。いっそ自分からこの幸せを壊してしまえば、ああやっぱりって、結局あたしは何も得られないいんだって、ようやく安心できるような気さえ、するんだよね」

「それは、本当の安心じゃない」

「わかってる。うん、わかってるんだけど」

相馬は、沙希の、細い糸のような髪を撫でる。

胸が締めつけられ、何をどう言えば彼女が安心するのか。相馬にはわからない。わからない自分がひたすらもどかしかった。

相馬ができるのは、事実を伝えることだけだ。

「さっき言っただろ。俺が過去にも同じように食事を作ってやったんじゃないかって。それを考えるのが嫌だって」

「うん。どうしようもないでしょ」

「そんな想像しなくてもいいいんだ。だって俺が家で飯作った相手って、俺のおふくろと沙希だけだから」

沙希は目を瞬《またた》いた。

「本当?」

母親の食事は、小学生の時から作っていた。だから料理は基本できるが、付き合った相手に何かを作ったことはない。もっといえば、特定の誰かを定期的に自分の家に泊めるのも、相馬にとって初めてなのだ。

「沙希さ、俺の飯、毎日食べたい?」

そっと聞くと、沙希は微笑んだ。

「うん。相馬のご飯食べると、なんだろう、胃袋だけじゃなくて、体のあちこちがあったかくなる感じがする」

でも研究室にこもっていたら難しいけどね、と沙希は苦笑した。

「あたしが今の研究室にいるのもね、いつか、新しい薬を作りたいからなの。怒りや不安を抑える新しい薬。副作用や常習性の心配もなくて、子供の頃から、サプリメントみたいに気軽に摂れる薬」

化粧をすっかり落とした沙希の横顔は幼い。もっとずっと幼い頃に味わった孤独が、今も時折、彼女を不安にさせている。

「でもね、時々あそこからも逃げ出したくなる。実験でマウスを使うでしょ。それが投薬してその日は元気なのに、翌日、突然凶暴になって、泡を噴いて暴れて、死んじゃう。それを見ると、あたし、お母さんを思い出す。泣きながら、叫びなら手を振り上げていた、お母さんを思い出す」

「そうか」

そういう時に、沙希はここに来るのかもしれない。

沙希のためにご飯を作ろう。好きなもの、美味しいものをできるだけ作ろう。

相馬が沙希にしてやれるのは、それくらいだ。沙希にとっての自分が、母親であろうと、父親であろうと、なんでもいいではないか。不安に苛《さいな》まれる沙希が、ここに来てくれるなら。相馬は強くそう思うのだった。

3 完璧なテーブル

寒さも本格的になってきたある日、楡崎《にれざき》に呼び出された。

相馬《そうま》はいつも通り工房でオーダー家具の最終チェックにあたっていた。楡崎がデザインし、削り出しから組み立てまで行うテーブルは、無駄のないフォルムや手触り、木目の出方ひとつとっても完璧だ。

呼び出され、工房の資材置き場に行くと、「ときわ」のオーナーでもある楡崎は、腕組みをして仁王《におう》立ちしていた。

資材置き場は広く、一部が半屋外になっているため、とても寒い。吐く息が白く煙る。

背は相馬のほうが高いが、楡崎のほうが恰幅《かっぷく》がいいこともあって、大きく見える。工房にいる時は相馬たちと同じようにおがクズだらけの作業服を着ているが、私服はなかなか洒落《しゃれ》者で、奥さんの趣味だとからかわれるものの、Tシャツにソフトジャケットとデニムを合わせたりもする。

そして今日、楡崎は私服だった。いつもはタオルを無造作に巻いている髪も、整髪料を使って整えられている。ぱっと見には三十代にも見えるほどの若さだ。

「話ってなんですか」

相馬は身構えた。つい先日、自信作の椅子《いす》をけなされたばかりだ。いまだに、自分の作品のどこが悪いのか見当がつかない。工房仲間にも評判がよく、コンペの最終選考にも残っているのに、いったいどこが、と悶々《もんもん》としている。

「おまえに、いーもんやる」

楡崎は正面を見据えたまま言った。

「こいつや」

とあごをしゃくられた先を見れば、仕入れたばかりの特大材があった。

相馬は息を飲んだ。

信じられない。

「これって……先月、楡崎さんが旭川《あさひかわ》まで出向いて買いつけたクルミ材じゃないですか」

クルミといっても、国産のオニグルミではなく、北米産のブラックウォールナットだ。その風合い、墨《すみ》を流したような独特の艶《つや》で、世界の銘木《めいぼく》として人気が高い。しかも楡崎が仕入れてきたこの材は、幅一メートル、長さ四メートルを越す大型材で、高級車が買えるほどの値段だったと聞いている。

相馬をはじめ、工房仲間たちは、この材をいったいどう加工するのか噂《うわさ》し合っていた。

工房の古い職人が仕入れた話によれば、九州の資産家がたっての願いで、楡崎に応接セットをオーダーしており、そこに使うのではないか、ということではなかったか。

それを相馬に託す？

「いったい、これで何を作れと」

「いや、自由にしていーんやわ」

楡崎はそっけなく言った。

「自由たって」

「なんだ相馬。おまえ、ビビっとるんか？」

楡崎は人の悪い笑みを浮かべると、いきなり右手で相馬の股間《こかん》をぎゅっと握った。

「おわっ」

「なんだ、ついとるがいや。女子供みてーな顔しとるから、どっかで落としてきたんかと思ったぜ」

「……楡崎さん。こういうのやめてくださいって」

楡崎はひゃひゃひゃひゃ、と品もなく笑う。楡崎にここを不意打ちで握られるのは初めてではない。また、相馬だけでもない。当然、女の子には一切のボディータッチはしない楡崎だが、その分、男の弟子には容赦《ようしゃ》がなかった。

「ビビるなよ。たかが材料や」

「いや……だってこれ、貴重な大型材でしょ？」

「製材された時点で材料になったんや」

楡崎は常々、木にも敬意を払えとそう言っていた。それなのに、自由にしろとは。

「たかが材料なんて、楡崎さんらしくない言い方ですね」

「そうかあ？　俺は確かに木を大事にしろとは言ったけどよ、そりゃあくまでも、商品こさえるにあたって必要になってくる心構えや。二次利用できなきゃ、切り倒された丸太は単なる木材のまま朽ちていくからな。これを生まれ変わらせるのも、単なる木っ端《こっぱ》としてストーブにくべてやるのも、全部おまえ次第というわけや」

「……ストーブにくべるわけないじゃないですか」

「おう。なんでもいいからよ、おまえ、これでひとつこれってものを作ってくれよ」

「作ったらどうするんですか。店に置いてくれるんですか？」

「置いてやってもいい。ちゃんと、おまえの名前でな」

相馬は目を見張った。

「どうした？　それが望みだろうが」

それは、いつかは、自分の名前で家具作りを請け負いたいとは思っている。しかし、この工房に弟子入りして五年、未来はまったく見えてこない。

「何カ月、何年かかろうといいから。相馬、おまえこれで、納得のいくもん作ってみろ」

「楡崎さんを納得させるのは難しいです」

先日のことを恨みに思っていた相馬は思わず言ったが、楡崎は不思議そうな顔をした。

「いや、同じやろ」

「何がです」

「俺が納得いっとらんのは、おまえが納得してねーからや。そこんとこは同じもん見えとると思うけどな」

相馬は再び絶句する。

あたりだった。

いったい何がいけなかったのかわからない、自信作だと言いながら、相馬自身、コンペの最終選考に残った椅子には違和感があった。

つまり、あれを、自分や知り合いが使っているところが、想像しづらかったのだ。

そしてこの時点で連絡がないということは、相馬は落ちたのだ。

必要なものが欠けている——。

「本当にいい家具ってのはな、作品というより、そこらへんの道具なんじゃないが。いい意味で、普遍的で、変幻自在で、柔らかなもんや」

楡崎はさらにそんなことを言い、相馬の肩をぽんぽん、と叩いた。

「ほんなら。俺はもう行くし」

「常盤《ときわ》さんですか」

「おうよ。月に一度の夫婦水入らずデートってやつや」

「いいですねぇ」

楡崎はふふんと笑う。意地悪そうに相馬を見た。

「おまえそれ、本心から言えるようになってみろ」

「本心ですって」

「いーや。おまえ、一度でいいから心から人を求めてみるんやな。そん時、違うもんが見えてくるからよ」

相馬は何も言えず、ただ、楡崎を睨《にら》み返すようにする。楡崎はまた笑った。

「で、作業はここでやってくれてかまわねーから。ただし、自分の仕事以外の時間でやれよ」

楡崎は手をひらひらさせながら資材置き場を出てゆく。相馬は楡崎がいなくなってから、自分が礼も言わなかったことに気づいたのだった。

「なあ小梅《こうめ》。俺って冷たいのかな」

大根の面取りをしながら聞くと、小梅は束の間黙って、それから笑った。

「またなんか言われたんでしょう。ときわのオーナーに」

「まあねー」

「相馬あ」

同じく背中合わせでイカをさばいていた純平《じゅんぺい》が声をあげる。

「あんなオジサンの言うこと気にすることないよ。君、気にしーなんや。あのオジサン、相馬をいじめて楽しんでるだけやって。相馬あそこだけじゃなくてメンタルまで握られちゃったんじゃないの」

これを聞き、小梅が少し頰《ほお》を赤らめて、こほん、と咳《せき》払いをする。

「まあ、純平の言うことにも一理はあるよ。楡崎さんって変わり者だもん。おまけに偏屈だし女好きだしお金にもだらしないし」

おいおい、と相馬はさすがに眉をひそめた。

「仮にも俺の師匠なんだけど。作るもん、すげーいいし」

「だから、木工の腕は確かだけど、対人間がダメなんだよ。うちのお母さんも言ってるわ。若い頃から、かなりの変わりもんで遊び人で、金沢《かなざわ》には今でも出入り禁止のお茶屋とか料亭があるんだって」

「そうなのか」

でもそうだとしても、楡崎が作るものとは関係がないような気がした。

純平がふむふむ、と頷《うなず》く。

「だから相馬に辛辣《しんらつ》なんじゃない？　君、工房とこの茶房《さぼう》の往復で人生終わってんもん。もっと遊べっちゅーことやね」

「違う。楡崎さんは、俺が心から人を求めたことがない、って言ったんだ」

「それは事実だねぇ」

相馬はさすがにむっとして、包丁《ほうちょう》を置いて純平を振り返った。

「なんでだよ」

「だって彼女にもさっぱりしてるし」

「俺は沙希《さき》を大事に思ってる」

「大事だけど、何が何でもあの子ってわけでもないんやろ？」

「なんでそう決めつける」

「だって相馬、彼女できてからも平常運転やし。僕なんか、好きな子といい関係になれたら、四六時中いちゃいちゃしていたいタイプ」

「俺とおまえは違うんだよ」

「だからや。僕は恋にのめり込むタイプで、君は平常運転タイプ」

「平常運転だと悪いのか」

「悪くない。でも、クールかな。オジサンが言ってるのはそういうことやろ。魂《たましい》震わせてみろって言ってんやろ。いいもん作るためには」

「そういやさ」

　小梅は思い出したように言った。

「楡崎さんて、ほんとどーしようもない遊び人やったけど、常盤さんと付き合うようになってから、急に家具職人として芽が出てきたんだって。作るものが優しくなったって、言われてるんだって」

　なんだそれ。

　付き合う女とか、女に対する思い入れだけで、家具の出来が決まるのか？

　相馬は、雪のように白い大根に目を落とす。引き続き丁寧《ていねい》に面取りをしながら、沙希のことを考える。

自分は沙希に惚《ほ》れている。会えなくても、考えない日はない。会えない日が続くと気になる。あの、少し不安そうな幼い横顔を思い出す。

腹が減ってないだろうか、と考える。

まるで母親のようだ、と小梅に言われたのは先日のことだ。

だが、確かに、四六時中、彼女のことを考えているわけではない。家具のこと、料理のこと、将来のこと。

考えることは無限にあり、沙希のことはその一部という気がする。

それがいけないのだろうか。

「相馬くん、そんな思い詰めることないよ」

小梅が隣に立ち、一緒に面取りを手伝い始める。

「あたしさあ、相馬くんの料理の手際見て、思ったことあってね。たとえばさ、この大根だって、あたしや純平より相馬くんのほうが面取り丁寧だし、綺麗《きれい》でしょ？　きっと家具もそうなんだろうなって。人に対してもそうなんだなって、わかってるよ。丁寧なんだよ。でも丁寧ってことは、慎重ってことでもあるし」

「慎重」

「うん。相馬くんって初対面の人にも優しいし感じいいけど、打ち解けるのにけっこう時間かかるもん。慎重な人だって、あたしは思ってるけど」

「わかるぅ、それ」

純平がにゅっと間に首を突っ込んでくると、相馬の肩に手を回した。

「だから飲もって誘ってんのに。僕と相馬の間にあるカベを取っ払うために！」

「いや勘弁」

「まあた、そんなツンデレを」

「違うって」

強《し》いて言うなら……確かに、慎重なのかもしれない。

「えーとね」

小梅がうーん、と考え込むようにして、それから、ぱっと思いついたかのような顔をした。

「あれだ。相馬くんて、大人びてるんだよ」

「大人だろ。俺たちみんな」

「違くてさ。小さな時からずっと大人だったみたいな、そんな感じ？　自分のわがままとか、やんちゃとか、そういうの十分に経験してこなくて、人の気持ちや関係を優先するあまり、人一倍早く大人にならざるを得なかったみたいな」

相馬はなぜか、少し泣きたくなった。顔には出さなかったが、目を伏せて、呟《つぶや》いた。

「小梅。おまえ、やっぱすげーわ」

さすがに、だてに人間社会学の勉強はしてきていない。

「だからね？　いいじゃない、そのままで」

小梅は優しく言う。

「みんなそれぞれの性格で生きてるんだもん。それぞれの性格でできることをやっていくんだよ。誰かに迷惑かけてるなら別だけどさ、相馬くんのその大人びた慎重な優しさで癒《いや》されてる人も確実にいるし」

「そんなやついる？」

「あたしや、純平も！」

小梅はにかっと笑って、間に立つ純平の腕を自分の肩にもかけるようにした。

「二十歳《はたち》も過ぎてまーだ親に反抗期まっさかりの純平と、あたしもそうだしね、それが、相馬くんと知り合って、少しは折り合いつけなきゃって気持ちになってるし」

確かに小梅は、実家を拒絶しながらも、両親を説得し、折り合いをつけて、この茶房を経営している。

純平の父親は、創業百年を超す「割烹《かっぽう》　駒野《こまの》屋」の料理長だ。その厨房《ちゅうぼう》での修業を途中で放りだし、専門学校でまったく関係のない分野を勉強しながら、結局はこうして食にかかわる活動をしている。

「僕、料理好きやし」

へへ、と純平は笑う。

「ずっと親に反発して食とはうんと遠い世界に行こうと思ってたけどね、結局好きだから、こうして手伝ってる」

それに、と純平は続けた。

「君たちふたりのことも好きやー！」

叫んで、相馬と小梅の頬に代わりばんこにキスをする。

やめろ、ふざけんな、と小梅とふたりで純平をなじり、頬を拭きながらも、相馬は考えた。

なるほど小梅の言う通り、人はみんな自分の性格でやっていくしかない。相馬には楡崎のように女に対する情熱は持てないが、沙希が持てないものを持ち、また小梅も純平も、それぞれのところで苦悩したり、ないものをねだったりしながら生きている。

しかし何かを新しく得なければ、せっかく楡崎にもらったあの大型材も、人の手に渡ってしまう。

楡崎に認められるという、願ってもない機会なのに、かえって相馬は追い詰められてしまった。

そのままでいいと小梅は言ってくれるが、そうはいかないのだ。

「そろそろいいけ?」

のんびりとした声がして、三人はカウンターの向こうの老婆を見た。

「ばあちゃん、またしてもいつの間に」

鍵はかけていないが、オープン前に堂々と入ってくるのはタケ子《こ》くらいなものだ。しかも普通にカウンター席のいつもの場所に座っている。

「いらっしゃい」

いつものようにお茶を淹《い》れようとした小梅を、タケ子は手で制した。

「なーん、今日は長居できんさけ。ただ、相馬にちっと頼みがあるがや」

「頼み?」

改まって頼みがあると言われるのは初めてだ。

タケ子は愛用のポシェットを開くと、中から何かを取り出し、カウンターに置いた。

それは小さく畳《たた》まれた札だった。タケ子が丁寧に広げると、しわくちゃの一万円札が現れる。

　今まで、タケ子が金を出したことはない。この茶房で、ランチを食べた時でさえ。

「相馬や。ひとつこれで、ばあちゃんに雇われてくれんか」

「雇う？」

「単刀直入に言ってよ、タケ子ばあちゃん」

　小梅が焦《じ》れて、お得意の言葉を発する。

「それってつまり、どういうことなの？」

4 ちょっと焦げたオムレツ

夜、七時過ぎ。工房での仕事を終えた相馬《そうま》を、黒いベンツが迎えに来た。何事かと驚いていると、後部座席の窓が開き、しわくちゃの手がおいでおいでと手招きした。

タケ子《こ》だ。相馬は嘆息し、隣に乗り込む。慣れない革のシートと、程よく効いたエアコンで、寒さで固まった体がほぐれてゆく。

タケ子は昼間と変わらず質素すぎる装《よそお》いだ。しかしなぜだろう、そこに堂々と座る様子は、違和感などかけらもない。

「ばあちゃん。本当は何者なの？」

ポシェットの中の金、大型のベンツ、運転手付き。

問われてタケ子はにかっと笑った。

「吉川《よしかわ》タケ子、二十四歳でぇす」

はあ、と相馬はため息を漏《も》らし、車窓に目をやる。どうやら答えるつもりはないらしい。

それからタケ子の車で、目的地に着いたのは、七時半を回っていた。地元でも富裕層が多いといわれている住宅街だ。

雪よけを施した漆喰《しっくい》の塀《へい》が延々と続いているかと思ったら、大きな門と、立派な和風の邸宅が現れた。

出てきたのは品のいい初老の女性だ。上質そうなニットに揃《そろ》いのスカート、髪も綺麗《きれい》にまとめられている。

彼女はちらりと相馬を見ると、困った顔をした。

「吉川さん。本当に連れてきちゃったの」

彼女の名前は寶田貴代子《たからだきよこ》。タケ子の長年の知り合いらしい。いったいどういう縁なのか。タケ子は市営住宅の一部屋に居を構える、年金暮らしの老婆じゃなかったのか。

「うちはいつも本気のことしか計画せん」

タケ子は欠けた歯を見せてにっこり笑うと、ほいじゃね、と相馬に言った。

「ばあちゃんはこれで帰らせてもらうさけ。相馬、帰りは走って戻るがやぞ」

えっ、と相馬はタケ子を見た。

「最後まで一緒にいるんだとばかり」

「はよ帰らんと、観たいドラマあるさけ」

それはタケ子が楽しみにしている金曜夜の恋愛ドラマだ。そんなもの、ここで観させてもらえばいいじゃないか。相馬にそう言う隙《すき》を与えず、タケ子はさっと背を向けると、あっという間にベンツに乗り込み、去った。

ひとり残された相馬は困惑し、広すぎる玄関に立ち尽くす。するとずっと黙っていた貴代子が、スリッパを差し出してくれた。

「あ、どうもすみません」

「案内するわ」

玄関からあがると、貴代子は先に歩き出す。広大な庭を眺めながら長い回廊を進むと、洋風のダイニングルームがあり、その奥に、豪華なシステムキッチンが現れた。

「ここでよろしい？」

「あ、はい」

相馬はざっとキッチンを見回し、巨大な冷蔵庫を指差した。

「確認させてもらっていいですか？」

貴代子は苦笑したようだ。

「ええ、どうぞ」

相馬は上着を脱ぎ、初めて入る家の冷蔵庫を開いた。

「…………」

無言のまま冷蔵庫の中を見ている相馬の後ろで、貴代子が呟《つぶや》く。

「そこ開けたの、たぶん、三カ月ぶりくらいよ」

大家族の食材を一週間分はおさめられそうな冷蔵庫の中身は空だった。空っぽの庫内にライトが隅々《すみずみ》まで行き渡り、ぶーんという機械的な音が虚《むな》しく響いている。

相馬はその下の野菜室も開けたが、同じ状態だ。

つまり、なんの食材もない。

卵ひとつ、ネギの一本すら、見当たらない。

「冷凍庫はぎっしりよ」

言われて一番下の、冷凍庫を開ける。確かにそこには隙間なくものが詰められていた。ひとつふたつ出してみれば、グラタンやパスタなど、一人前の冷凍食品ばかりだ。

「ほかにもあるのよ」

振り返ると、貴代子が両手にカップ麺《めん》をひとつずつ持っていた。

「味噌《みそ》味と、とんこつ味。あなた、どちらがお好み？」

相馬は束の間考え、答えた。

「味噌味、ですかね」

貴代子はこれを聞き、静かに微笑《ほほえ》んだ。

二十畳はありそうなダイニングルームには、立派な八人掛けのテーブルセットが置かれていた。壁際のキャビネットには洋食器やたくさんのグラス類がおさめられている。

相馬はそのテーブルの端に、貴代子と向かい合って座り、カップ麺をすすった。

「こういうの、普段はあまり食べないかしら?」

向かいの席から貴代子が聞く。相馬は正直に頷《うなず》いた。

「最後に食べたのは、小学生の頃です」

「まあ。それはまた随分《ずいぶん》と久しぶりね。最近のは、けっこう美味《おい》しいでしょう?」

「そうですね。麺が割と生麺に近い感じで」

「でしょう? それに種類も豊富だし、毎日選ぶのも楽しいものよ」

相馬はずっ、と麺をすすった。

「毎日食べてるんですか?」

「夕飯はだいたいこれか、レンジでチンの冷凍食品ね。ほとんど一人暮らしみたいなものだから、かえって無駄も出ないし。味もまあまあだし、食器も汚れないし、便利な世の中だわ」

そこで貴代子は思いついたように、

「よかったらもうひとついかが？　わたしのようなおばあちゃんと違って、食べ盛りだもの。足りないでしょ？」

相馬は首を振った。

「いえ、大丈夫です」

「そう？　遠慮はしないでね」

貴代子は薄く微笑んだまま、ゆっくりと箸《はし》を動かす。広い部屋に、彼女が麺をすする控えめな音が響いた。

この女性と、夕飯を一緒に食べること。

タケ子の依頼はそれだけだった。相馬を頼ったからには、料理をするものと思っていたが、それはどちらでも構わないと言われていた。

しかしまさか、食材というものがまったく用意されておらず、カップ麺に出迎えられるとは思ってもいなかった。

夕飯のメニューはともかく、一緒にテーブルで食事をすること。無理に話はしなくても構わない。食べたら片付けをして帰ってくること。それだけで一万円。破格のバイトということになるのだろうが、タケ子の思惑はどういったものなのだろう。

相馬は先に食べ終えて、広いテーブルを見た。材質はおそらく山桜の四枚ハギ、木の耳（皮に近い部分）をそのまま残した木目も美しい優雅なテーブルだ。この大きさといい、木目の出方といい、相当に値段が張るだろう。

しかし今、蛍光灯《けいこうとう》の下で、テーブルは死んでいるように見える。面積が広すぎ、椅子《いす》の数も多すぎる。つくづく、ダイニングテーブルというものは、家族の形態を表すものだと思う。おそらくもう長い間、このサイズにふさわしい晩餐《ばんさん》は、行われていないのだろう。

「ごちそうさま」

空になったカップ麺ひとつを前に、貴代子は丁寧《ていねい》に手を合わせた。その静かな様子に、相馬はいたたまれない気持ちになる。

「お茶飲んでいってもいいですか？」

貴代子は軽く目を見張った。

「いいけど……たいへん、お茶っ葉なんてまだ残っていたかしら」

「さっきありましたよ」

「そう？　でも、賞味期限が」

「見てみましょう」

相馬はキッチンに戻り、貴代子も後ろについてきた。食品庫の扉を開けると、大量のカップ麺の隅に、透明フィルムをかけられたままの紅茶の箱が見つかった。

「ああ、それ。どこからかいただいたものだった気がするけれど」

賞味期限は半月ほど過ぎているが、許容範囲だ。相馬は先ほど使ったケトルに水を入れ、コンロにかけた。

「カップ出してもらえますか?」

「ティーカップね」

「できれば深めのマグがいいです」

貴代子は頷き、キッチンの戸棚を開けた。普段使い用と思しきマグがいくつか並んでいる。相馬はマグふたつを流水で軽く洗い、沸騰《ふっとう》したての湯を注いで温めた。

紅茶のティーバッグをひとつずつマグに入れ、コンロの上で盛んに白い湯気をあげていたケトルから、直接、勢いよく湯を注ぎ分ける。小皿で蓋《ふた》をしてほどよく蒸らすと、静かにティーバッグを取り出し、トレーに載せて先ほどのダイニングルームに運んだ。

再び向かい合って、今度は紅茶を飲んだ。丁寧に淹《い》れれば、リーフティーとそれほど遜《そん》色《しょく》はない。

特に話はしなかった。無言のまま、お互いにマグで紅茶を飲んだ。すると、貴代子が呟いた。

「お茶菓子が欲しくなるわね」

「今度買ってきましょうか?」

貴代子はじっと相馬を見つめた。

「いつ?」

「明日でも、明後日《あさって》でも」

「カップ麺とか、冷凍グラタンしかないわよ?」

「いいです、それで」

「そうね……」

貴代子は迷っている様子だ。相馬は相馬で、タケ子の真意をまだ測りかねていた。これはバイトなのだ。差し出されたしわくちゃの万札に応《こた》えるためにも、まさかたったー日、カップ麺をすするだけでは申し訳ない。

この立派なダイニングテーブルで、毎晩この人は、たったひとりで座っている。何かできることがあるはずだと、相馬は思う。

貴代子が、こちらを見た。

「じゃあ、明日もう一日だけね。同じくらいの時間に来てちょうだい」

もう一日だけ、と貴代子は言ったが、相馬はそれから連続で、合計四日間、貴代子の家を訪れた。

坂が多いのと雪のために自転車は断念し、小梅《こうめ》に、買い出し用の軽トラックを借りた。二日目は、冷凍庫からそれぞれ好みのグラタンを選び、それを温めて食べた。初日と違ったのは、相馬が持参した金仙堂《きんせんどう》の三色最中《もなか》を食後に食べたことだ。

三日目、相馬は茶房《さぼう》で残った和栗《わぐり》のモンブランを持っていった。貴代子は、新しい玉露を買っておいてくれた。久しぶりに、商店街に買い物に出かけたのだと言った。

「このモンブラン、とても美味しいのね」

貴代子は感心した様子で言った。

「友人が作っていて、茶房で出してるんです」

相馬は、小梅と純平《じゅんぺい》の話をかいつまんでした。ランチとティータイムのみ営業している茶房を手伝っていること。この和栗のモンブランに入っている渋皮煮を作るために、純平と丸一日栗拾いをしたこと。

「楽しそうねぇ」

「まあ、楽しいです。大変な時もありますけど」

「お料理好きなの？」

「はい」

そう、とその時は、貴代子は微笑んだだけだった。しかし、翌日、四日目に邸《やしき》を訪れた相馬は驚いた。

冷蔵庫に、食材が入っていたからだ。卵、鶏肉《とり》、ハム、チーズに、ネギ、ジャガイモ、セロリ、パプリカ……。

貴代子は少し恥ずかしそうにしている。

「昨日、お茶を買いに商店街に行ったでしょう？　本当に久しぶりで……ほら、カップ麺なんかは宅配にしてもらっていたから。自分の足で買い物なんて、久しぶりすぎて、どうかしらって思ったんだけれど。お店でおすすめの玉露の試飲もさせてもらったりしてね」

それが思いのほか楽しかったのだ、と貴代子は言った。

「だから、今日は思い切って、車を出して、少し遠くのデパートまで行ってみたの。それで、目につくものを適当に選んだだけなんだけどね。あの、別にこれでどうするつもりもなくて」

相馬は言葉が詰まった。なんだか、ひどく心が揺さぶられていた。

「俺、これで夕飯作ってもいいですか？」

貴代子は気まずそうな顔をする。

「でも、本当は面倒でしょう？　こんなおばあちゃんひとりのために、何か作るなんて」

「いつも俺、ひとりのためだけに料理してますよ」

「彼女？」

沙希《さき》の顔が浮かんだが、相馬は首を振った。ここ十日ほど、また、会えない日々が続いている。

「違います。ほぼ、自分のためだけです」

「自炊《じすい》しているのね。ちゃんとご飯作るなんて、えらいわ」

「食べるの好きですから。まあでも、本音を言えば、誰かと食う飯のほうが好きなんです」

貴代子はじっと相馬を見つめた。綺麗な人だが、悲しみに打ちのめされている目をしていた。

「だから、作っていいですか。それで、俺も一緒に食ってもいいですか？」

貴代子は、すると微笑んだ。

「あなたが食べたいのね」

「そうです」

「それで、わたしに付き合ってほしいと」

「はい。ダメですか？」

貴代子は、さらに微笑んだ。柔らかく、そしてやはり、少し悲しそうに。

「優しいのねえ、相馬くん」

そして小さく、頷いたのだった。


相馬はまず、包丁《ほうちょう》を研《と》ぐことから始めた。長い間使われていなかった包丁は、しかし、職人の銘《めい》が入った一流のもので、種類も豊富に揃っていた。

ほかの調理器具も、ほとんど揃っている。かつてはこのシステムキッチンで、きちんとした料理が作られていたことが想像できた。

食材は限られているし、あまりたくさん品数があっても、貴代子に負担をかけてしまいそうだ。

相馬は、トマトやナス、ジャガイモを同じくらいの角切りにした。鶏肉の皮や筋を丁寧に取り去り、同じように角切りに。

卵を五個ほど割って、リズミカルにかきまわす。

貴代子は隣室のリビングにいる様子だ。

相馬は料理にかかりながら、小梅が以前話していたことを思い出す。

小梅は常々、地域には、外に食事に出られない人もいるのだ、と言っていた。孤食だが、外食する気力もないし、できるだけ他人と関わりたくないと思っているのだと。加えて食べ物に対する興味が失われ、生きる気力も失っている人間がいるのだと。貴代子もそんなひとりなのだろう。

広大な屋敷にこもり、食材は定期的に届くようにしているカップ麺や、冷凍食品のみ。

「食べることは生きることやさけ」

とはタケ子の名台詞《ぜりふ》だ。無銭飲食でも、食べたあとは必ず両手を合わせ、「あんやと存じみす」と深々と礼をして帰ってゆく。

食をおろそかにすれば気力が失われ、生きる力もすぼんでゆく。豪華な食事は必要ないが、日々自分の口に入れるものは自分で考え、選んで、生活してゆかなければならないのだ。

相馬はフライパンを熱し、油を引くと、刻んだ野菜や鶏肉を炒《いた》め始めた。

鉄製のフライパンは大きくしっかりしているが、長い間使われていなかったせいか、油馴染《なじ》みがいまひとつだ。気をつけないと具材に火が通る前に焦《こ》げつかせてしまいそうだ。

それでも慎重に炒め、卵液《らんえき》を注いだ。

相馬は、しかし、出来上がったものを見て、途方にくれるはめになった。

料理に自信はあった。とはいえ、慣れない人の家の台所とはいえ、ちょっといい気になっていたのかもしれない。

作り直すか。卵と野菜はまだある。鶏肉の代わりに、ハムを使うか。いやハムは……と考えていたところに、貴代子が現れた。

「いい匂いね。何を作ってくれたの?」

ひょい、と後ろからのぞきこんできた貴代子は、軽く目を見張った。

「オムレツね」

「……の、予定でしたが」

相馬が作ったのは具材がたくさん入ったスペイン風オムレツだ。しかし大皿にうつしたオムレツは、一部が焦げすぎて、お世辞にも成功したとはいえない。

はっきり言って、料理を失敗したのは、数年ぶりくらい。それもよりにもよって、人のために作った時に。

「もう一度作り直します」

「いいじゃない。大丈夫よ。昨日までのわたしの食事に比べたら、大したご馳走《ちそう》だわ」

貴代子に気を使わせてしまったことを申し訳なく感じつつも、出来損ないのオムレツを運び、一緒にテーブルにつく。

「いただきます」

ふたりで向かい合って、手を合わせる。それぞれの取り皿に取り分け、ケチャップをかけて、一口食べた。

味はそれほど悪くなかった。卵に火が入りすぎているだけで。

「美味しいわ」

「でも、今度またリベンジさせてください」

「本当にお料理が好きなのねえ。ひょっとして、普段はお出汁《だし》とかも自分でとっていらっしゃるの」

相馬は頷く。

「鰹節《かつおぶし》から削ります。ちょっと前に、ずっと欲しかった削り器を燕三条《つばめさんじょう》で買って」

まあ、と貴代子は目を細めた。

「思った以上に本格的ね」

「道具が好きなんです。特に調理に関係するものが」

二万もした削り器は一生ものだし、使うたびに手に馴染んでくる。包丁や、雪平鍋《ゆきひら》、まな板も大事にしている。器《うつわ》もそうだ。繊細なのに丈夫なジノリもいいが、好きなのは和食器。まだらな釉薬《ゆうやく》が印象的な作家ものの大皿、普段使いの粉引《こひ》き、素朴なのに存在感のある九谷焼《くたにやき》。薄くて口当たりのいいステンレスのスプーンや、手にしっくりとはまる箸も。

そこまで考えて、相馬は、はっとした。

俺が作るテーブルや椅子。それだって、当然、料理に関係するものだ。

相馬は視線を走らせて、今目の前にある大きなテーブルを見た。

貴代子が座っていて、彼女は静かに、相馬が作ったオムレツを食べている。最初とはずいぶん見え方が違う。あんなに無機質に感じられたテーブルが、命をもらったかのように。

「わたしもね」

ふと、貴代子が小さな声で言った。

「……子育て真っ最中の頃は、自分で三日に一度は出汁をとって、冷蔵庫にストックしていたものよ。自分で鰹節を削りはしなかったけれど、高知のお店から削り節の一級品を取り寄せたりして」

「そうなんですか」

「上の娘が、アレルギー持ちだったの。下の娘はアレルギーはなかったけれど、とにかく食が細かった。それもあって、添加物が入っている食品は完璧に排除していたし、栄養学の勉強もしてね、家での食事はもちろん、持たせるお弁当まで、一切手抜きなんかしなかった」

相馬の育ち方は、逆だ。母は料理などまるでやらなかった。夕方家に帰ると、テーブルの上に五百円硬貨か千円札が置いてある。ある年齢までそれで夕飯を買ったり、買わずにトレードカードやスナック菓子を買ったりといっためちゃくちゃな生活をしていた。

「娘さんたち、幸せですね」

「それがひどいのよ。大人になってから、あの子たち、こう言うの。たまにはインスタント食品を食べたかったんですって。友達の家にお泊まりした時に初めて食べたカップ麺、人生で一番美味しく感じたんですって。大学生になってからファミレスも、炭酸飲料もデビューしたし、コンビニのおにぎりやサンドウィッチの味も知ったけれど、もっと早くに知りたかったって」

贅沢《ぜいたく》な気もするが、確かに、そこまで排除されていたとなると、今の時代には珍しかったかもしれない。

「お誕生日パーティとかにね、子供が招かれるでしょう。わたしはとにかく、細かく報告させたわ。どんなお菓子が出て、料理が出て、娘たちがどんなものを口にしたのか。わたしの言いつけを守ってコーラや、スナック菓子を口にしなかったか」

「お子さんたちは、それを守っていたんですか」

「守っていたわ。前もってその家のお母様にも頼んでおいたしね。アレルギーがあるので、家から持参したものしか食べさせないでくれって」

今日の貴代子はとても饒舌《じょうぜつ》だ。今まではこの同じテーブルで、向かい合い、ほぼ無言でカップ麺をすすっていたというのに。

「とにかく、昔のわたしは料理や子育てに一生懸命だった、ってことよ。今のわたしの食生活を娘たちが知ったら、ずるいって責められるわね」

悲しそうに貴代子が呟く。

「知らないんですか」

「下の娘はお正月に帰ってくるかどうかだから、気づいてないと思うわ。大阪の大学に通っているの。上の娘はとっくに卒業してるけれど……知りようがないわね。五年くらい、ここに寄りつかないから」

「今、どこに?」

「東京よ。下の娘とは時々会っているみたい。五年前に結婚してね。その時に、宣言されたの。今後一切、わたしには会いたくないんですって」

沈黙がテーブルに満ちた。貴代子は押し黙り、テーブルの一点を見つめたまま動かない。

相馬はキッチンに立ち、コンロに火をつけた。オムレツを作った時に出た鶏皮で、スープも作っていたのだ。具材はネギとハムだけのシンプルなもの。仕上げにごま油をたらしたかったが、ないので諦《あきら》め、器に注ぐ。

トレーを手にダイニングルームに戻ると、貴代子はまだ同じ場所を見つめている。

相馬はスープを、貴代子の前に置いた。

貴代子ははっとした様子で視線を移し、

「まあ、これも美味しそうね」

と呟いた。

「こっちは失敗せずにすみました」

相馬は笑って言う。実のところ、間に合わせで作ったありきたりのものだが、相馬は貴代子に味わってほしかった。

貴代子はスープに口をつける。一瞬だけ目を閉じて、開くと、ゆっくりとスプーンを動かしながら、器の中身を平らげてくれた。

やがてふう、と吐息をはく。

「なんだか久しぶりに温かいものを食べた気がするわ」

「そうですか」

「変ね。カップ麺だって熱々なのに。わたし、長い間冷たいものだけを口にしてたような気がしてきた」

相馬もまた向かいに戻り、スープと、冷めたオムレツの残りを食べた。

「あなた、ご両親は？」

唐突に、貴代子が聞いた。相馬は正直に答える。

「幼い頃に両親が離婚して、父親とはそれ以来会ってません。母が俺を育ててくれたんですが、東京でひとりで暮らしています」

「そう。会いに行ったり、電話は？」

「こっちに来てから、帰ってないですね。電話もあまり」

貴代子は眉をよせた。

「ダメよ。ちゃんと電話はしてあげて。せめて一カ月に一回くらいは」

「そうですよね」

「待っているのよ。声が聞きたいの。話なんか短くていいし、一言でもいいのよ。元気でやってるか、親ならわかるものだしね」

「はい」

相馬は母のことを考えた。忙しさを理由に、確かにあまり連絡も取っていない。元気でやっているはずだということ、また、自分はこの金沢《かなざわ》で変わりたいのだということ、一日も早く楡崎《にれざき》に認められるためには、過去を振り返っている場合ではないのだという、いろんな思いがあった。

そこで気づく。

母一人、子一人である。その母親を、自分はいつの間に、過去にしようとしていたのかと。

また喉《のど》のあたりが苦しくなる――。

貴代子は、さらに言う。

「わたしは娘に縁を切られるようなしょうもない母親だけど。あなたは違うんでしょうから」

相馬は、貴代子を見つめる。貴代子の娘は知っているのだろうか。母親が、かつて自分には禁止したインスタント食品で命をつないでいること。こんなに痩《や》せて、顔色も悪く、まだ十分に若いのに、隠居生活を送っていること。

「どうして」

と聞きかけて、口を閉ざす。純平あたりなら構わず事情を聞き出せるのだろうが、相馬は躊躇《ちゅうちょ》する。この状況下での自分の立ち位置がわからない。知り合って日が浅い女性を相手に、どこまで踏み込んでいいのか、わからないのだ。

「いいのよ。あなたに、全部話してしまいたい気がするわ」

と貴代子は言った。

「久しぶりにちゃんとしたものを食べて、話してしまいたいって気持ちがむくむくと湧いてきちゃったわ」

相馬は頷いた。黙って、貴代子の話に耳を傾ける。

「わたしはね、娘を大切にしすぎたんだろうと思うわ。特に長女を」

ぽつぽつと、貴代子はそう話し出す。

「アレルギー持ちで、体が弱かったせいもあったし。小学校もね、風邪をひいたのなんだので休みがちで……友達を作るのも下手だった。わたしが守ってやらなきゃって、いつの間にか強くそう思い込んでたの。だから、学校で友達とトラブルがあると、先生や相手の家にも電話をして抗議をしたわ。いつも、毎日、どんな時も娘のことを考えて……体のこと、友達のこと、進学先のこと。すべてのことに先回りして、失敗しないように、辛い思いをしないように気を配った。いつだって相談に乗ったし、アドバイスもして、調べて、環境を整えて。でもそれが、窮屈で息が詰まりそうだって、ある日言われたの」

きっかけは、娘に初めて交際相手ができた時だったという。心配した貴代子は相手の素性《すじょう》をこっそりと調べた。家庭環境にも問題のない好青年で、地元の名士の子息だったため、交際も応援するつもりでいた。

しかし、貴代子が相手を調べたことを、ひょんなことがきっかけで、娘が知ってしまったという。

「お友達と旅行に行くって娘が嘘《うそ》を言うもんだから。お付き合いしている人がいるんでしょ、いいじゃないの隠さなくてもって。京都に旅行に行くなら、何度か家族でも行った宿にしなさいよって。お母さん、一番いいお部屋をとってあげるって」

娘は真っ赤になって、気持ち悪い、と叫んだと言う。

「もうほっといてくれって。今までなんでもわたしの思う通りに生きてきたって。アレルギーがよくなったのは感謝しているけれど、いつまで自分を自分の分身みたいに操るつもりかって。そこで初めて、今までもさんざん苦しかったたって責められたのよ。本当は違う大学に行きたかったとか。昔、何回か、特定の子とは遊ぶなって言われたけど、それがきっかけでクラスで仲間外れにされたんだって。高校の、お友達との卒業旅行も行き先を勝手に決められたり、ちょっと男の子とデートしようもんなら根掘り葉掘り聞いてきて、友達にも聞いて回ったりして、もういい加減苦しいし、自殺も考えたんだって」

自殺。それは、ずいぶんと思いつめた話だ。確かに貴代子の娘への接し方は、過保護の域を超えている。

「ご主人は？」

きっ、と貴代子は相馬を睨《にら》みつけるようにした。

「主人なんて。ずっと仕事を理由に、子育てのほとんどをわたしに丸投げだったのよ。あの子が高熱を出した夜も、アレルギーで救急車騒ぎになった日も、受験勉強で深夜までがんばっていた日も。本当になにひとつかかわらなかったくせに。それなのに」

貴代子は苛烈《かれつ》な目をして言った。

「あの人は仕事を理由に東京にマンションを借りているの。もうずっと帰ってこないし、女を囲っているんだろうと思っていたわ。でもね、そうじゃなかったのよ。夫はそこで、娘に会っているのよ」

貴代子は顔を覆《おお》った。指の隙間から嗚咽《おえつ》が漏れてくる。

「ひどい話でしょう。娘は、結局わたしの知らない人と結婚して、勝手に籍だけ入れて、こ、子供も生まれてて……夫だけが、孫に会っているのよ」

貴代子はそれを、調査会社に依頼して知ったのだという。本当は、夫の浮気の証拠をつかむためだった。しかし夫は、マンションでは一人暮らしだった。

その代わり、娘と一緒の写真が送られてきた。赤ん坊を抱っこしている写真も。

そのことを知って以来、貴代子はこの広い屋敷に、ひとりで閉じこもっている。

「わたしがいけなかったのはもうわかってる。でも、必死にやってきたのよ。守ってやりたかったのよ。誰よりも、誰よりもあの子の幸せを願ってきたのよ」

相馬はまたそっと立ち上がり、キッチンに行った。

貴代子をなぐさめたかった。

貴代子が娘にしたことは、行きすぎたことだったのだろう。愛情を理由に娘の人生を自分に縛りつけ、自分の分身でもあるかのように放さなかった。

娘は遅い自立を果たそうとしたが、癒着《ゆちゃく》が強すぎて、そのためには縁を切るという激しい行為によってのみしか、離れることができなかったのだろう。

貴代子も傷ついているが、娘のほうだって、まだ苦しんでいるのかもしれない。

なぐさめたくても、相馬にはその方法がわからない。料理は作った。美味しいと言ってもらえた。これ以上、いったい何ができるのか。

ふと、タケ子のお得意のセリフを思い出した。

「やわやわぁってやんまっしね」

ゆっくりとおやりなさいね。

花街の芸妓《げいぎ》だったと聞いた。あの風貌《ふうぼう》で、柔らかな物腰と、物言いで、金沢のあちらこちらをぶらつき、行く先々でもてなされる。身寄りはなくても、豊富な人脈と、人情に守られている。

きっといろいろあったんだろう。相馬が想像もつかないような苦しいことも、辛いことも。でも、やわやわと、やり過ごして生きてきたのだ。

食べることは生きること。そうやって。

ダイニングルームから嗚咽が聞こえる。相馬は貴代子が昨日買い求めた玉露を丁寧に淹れ、今日の食後にと買ってきたわらび餅《もち》をトレーに載せて、また戻った。

相馬は茶を、貴代子の前に置いた。ティッシュの箱も持ってきて、貴代子に差し出す。

貴代子はそれで目元をぬぐい、鼻をかんだ。

相馬は、今度は向かいではなく、隣に腰を下ろした。貴代子が茶を一口飲み、わらび餅の載った皿を見つめる。

「なんて美味しそうなの」

「ここの美味しいんですよ、すごく。俺の最近の一推《お》しです」

「わたしのほうが多いみたい」

「気のせいですよ」

ふたりで横並びで茶をすすり、わらび餅をつついた。

茶の苦味ですっきりとした口の中に、黒蜜《みつ》ときなこの優しい甘さが、ふんわりと広がり、とけていった。

それから三日後の昼間。相馬がいつものように茶房の仕込みを終えて、外に出た時。茶房の暖簾《のれん》を、今まさにくぐろうとしている女性ふたり組と会った。

「相馬くん」

貴代子と、それから、タケ子だ。

貴代子は襟《えり》の高いキャメルのショートコートを着て、化粧もしている。血色もいい。スカートにパンプスを合わせたその姿は、ずいぶんと若く見える。

「来ちゃいましたよ」

照れ臭そうに貴代子は言った。

「はい」

と、相馬は答えるのが精一杯だ。

「たまには、まともなご飯が食べたくてね」

相馬は慌《あわ》てて、黒板メニューを指差す。

「今日は、加賀膳《かがぜん》がおすすめですよ」

「そうなの。それにするわ。吉川さんは?」

タケ子はいつものように、むーん、と言って欠けた歯を見せて笑う。

「悩むがいねー」

貴代子も笑い、相馬を見て言った。

「また、うちにご飯作りに来てくれるかしら」

「もちろん――」

「ちょっと焦げたオムレツが食べたいのよ」

ははは、と相馬は笑う。

「今度はもっといいもの作ります」

「時々でいいのよ。新作のカップ麺が食べたい夜もあるだろうし……ほら、どうしてもって時は、こうしてここに来ればいいんですものね」

「はい」

相馬は頷き、貴代子とタケ子が揃って店の中に入っていく様子を見守る。

それから歩き出した。除雪された雪が通りの左右に小山を作っている。太陽の光が反射して眩《まぶ》しい。見えるものすべてが、白く輝いている――そんな冬の一日だった。

5 食いしん坊な妖怪

「相馬《そうま》。僕は聞いてしまったんや」

純平《じゅんぺい》が奇妙にすわった目をしてそう切り出す。

「なにを？」

相馬の部屋だ。こたつのテーブルでは鍋がぐつぐつと音を立てている。

「聞いて驚くなよ……」

「相馬くーん、すりこぎが見当たらない」

台所から小梅《こうめ》が呼ぶ。相馬はごめん、と言って戸棚のところまで行くと、奥からすりこぎを出した。流しのざるには青々としたほうれん草がある。

「胡麻《ごま》ダレ作ってくれんの？　やった」

「相馬くん胡麻好きだよねー」

日曜日。翌月曜日は茶房《さぼう》の定休日で、相馬の部屋で鍋を囲むことになった。ちょうど馴《な》染《じ》みの魚屋で、越前蟹《えちぜんがに》を格安で譲ってもらったので、今夜は蟹鍋だ。

　定休日の前日に相馬の部屋で集まるのは初めてではない。しかし、久しぶりではあった。相馬が沙希《さき》と付き合うようになってから、ふたりが遠慮をするようになっていることには気づいている。

　だから今日は、相馬のほうからふたりを誘った。ずっと相馬と飲みたがっていた純平は二つ返事で、値の張る地酒を二本も持参した。

「で、何を聞いたって？」

「タケ子《こ》ばあちゃんの話。あの人、実は妖怪らしい」

　相馬は一瞬押し黙ったものの、すぐに笑う。

「なに言い出すかと思ったら」

「いや、僕も最初は笑ったよ？　でもさあ、割と真実味を帯びたエピソードがごろごろ出てくるし」

「聞く前から嘘《うそ》くさいな」

　相馬は鍋の蓋《ふた》を開けて、野菜を投入する。カニは真っ赤に茹《ゆ》で上がり、ぷんと強い香りが鼻腔《びこう》をくすぐった。

「や、本当だって。百年は余裕で生きてるって話する人いたし。明治時代からいるってさ。

証拠の写真もあるんや。ほら」

と純平がつきだしたのは携帯で、写真が表示されていた。モノクロで着物姿の男女がずらりと並んで写っている。

「どれ？」

「この右から二番目の小柄な美人」

「全然似てねーけど」

「いや、ホクロの位置が同じやって。ほら」

タケ子の顔のホクロなど、気づいたこともない。第一しわに埋もれていてよくわからない。

「あー、でもあたしも聞いたことあるよ」

小梅がトレーにほうれん草と胡麻だれ、柚子《ゆず》ダレを載せてこちらに来た。店が終わっているので、着物ではなくシャツワンピースにカーディガンを羽織っている。カラフルな五本指ソックスがなんとなく小梅らしい。

「タケ子ばあちゃんの七不思議みたいなの。百年生存説もそうだけど、そのほかにほら、座敷わらし的なアレ」

「ばあちゃんが出没する店は繁盛するってやつ？」

「それだけじゃないんだな」

　小梅は神妙な顔で続ける。

「前に、ひがし茶屋街《ちゃやがい》に新しくできた割烹《かっぽう》に、ふらりとタケ子ばあちゃんが現れたんだって。それで一通り注文したんだけど、一口ふたくち食べて、すぐに会計して帰っちゃったんだって。会計だよ？　あのばあちゃんが」

「口に合わなかったってことか？」

「その店、半年後に潰れたんだって」

　以来、タケ子が金を払おうとすると断る店が増えたのだという。

　ほかにも、夜の兼六園《けんろくえん》で池の上を歩いているのを見たとか、金沢《かなざわ》城の屋根瓦《やねがわら》の上に猫と仲良く座っていたとか、雪の日にどこかの店先で立ち往生していたタケ子に親切に傘を貸してやった人が、後日宝くじを当てたとか、もはや七不思議というより、おとぎ話のようだ。

「でも実際にうちにちょいちょい来てくれてから、まあまあ繁盛しだしたような気もするなあ」

「僕だって、妖怪っていうのは嘘くさい気もしたけどさ。うちの親も、吉川《よしかわ》さんが来たら奥の一番いい座敷に通せって、従業員に徹底させてるもんね」

純平が、地酒を三つの猪口《ちょこ》に注ぎ分ける。自分の家の厨房《ちゅうぼう》からくすねてきたらしい。実家を嫌いながらも、ちゃっかりと恩恵にはあずかるという、純平にはそんなところがある。

「真実味はともかく、割といい話ばかりだから、それはそれでいいんじゃない」

相馬が言うと、小梅も純平も頷《うなず》いた。

「でも謎めいてるよね。住んでる場所もさ。僕、実はこっそりあとつけたことあるんだよねー」

これには相馬も小梅も驚いた。

「なにやっててんのおまえ」

「だって本当に市営住宅に住んでるんだろうかって疑わしくてさ。ばあちゃんが黒いベンツに乗り込むところ見たって言う人もいるし」

相馬は目を瞬《またた》いて酒を一口飲む。それは嘘ではない。相馬自身がタケ子のベンツに同乗している。

「それがさ、茶屋街の外れで忽然《こつぜん》と姿が消えてさあ。確かに少し後ろを歩いていたのに、通りを曲がったらもういなかったんや。ほんと不思議なばあさんだよね」

それからタケ子の話や店のこと、学生の頃の話を肴《さかな》に鍋をつついた。しめには小梅の提案で豆乳とご飯を入れて、粉チーズを振り、リゾット風にした。途中純平が台所に立ってさっとつまみを作り足したり、相馬ももらい物の泥ネギでマリネを作ったりした。

そのうち純平がごろりと横になって天井を見上げるようにして呟《つぶや》いた。

「はー、いいなあ、ここは。僕も早く家を出たい」

「ほとんど帰ってないんだろ」

純平の実家は金沢市内にあるが、社会人の彼女がいて、半同棲《どうせい》状態だと聞く。小梅と同じで後継ぎではないが、専門学校卒業後もフラフラしている純平を、両親、特に父親は快《こころよ》く思っていないのだという。

「時々帰ってるよ。服取りに行ったり、母さんとか弟の顔見に」

つまり父親と顔を合わせない時間帯に帰っているのだ。駒野《こまの》屋は金沢の本店のみではなく、都内にも支店があるらしい。

「僕はさ、本当は、料理の世界から一番遠い場所に自分を置いておきたかったんや。父さんが店第一で、家族はいつもないがしろにされてたし。外に女も作ってたし」

運動会も授業参観も一度も来たことがない、と純平は呟いた。

「隠れて母さんが泣くのも何度も見てきたし。それで、どんなにすごい料理が作れても、本来一番美味《おい》しいって食べてくれるはずの人を不幸にするのは、違うんじゃないかって」

「おまえいいこと言うね」

相馬はしみじみと呟いた。

「え、そう？」

「なんかしっくりきた。そうだよな。料理って、具体的な誰かを幸せにする力があるんだよな」

沙希や、母親や、先日タケ子の紹介で出会った貴代子《きよこ》も。

彼女たちが抱える問題を、相馬が根本的に解決することはできない。でも、相馬が作った食事を通して、少しでも力が湧けば、それはとても嬉《うれ》しいことだ。

「雑炊《ぞうすい》食べよ」

小梅が嬉しそうに言って鍋の蓋を取った。純平が起き上がり、三人でふうふうと息をかけながら、熱々の雑炊を口に運ぶ。

「おいしいねーっ」

「だな」

「うん」

小梅が小さな体に似合わずもりもりと食べる。例によって鼻の頭にしわがよっているのを見て、相馬はまた温かな気持ちになる。

「あたしさ、三人でお店やれてよかったよ」

「俺たちは手伝ってるだけだ。小梅は手際がいいから、ひとりでも成功したんじゃない?」

「そんなことないよ」

小梅は真剣な顔をして言った。頬《ほお》が赤い。少し酔っているようだ。

「ひとりだと、嬉しいことがあった時に、ちょっと寂しいし」

「そうか」

「そうだよ。売り上げがいいことも嬉しいけど、リピーターさんが増えてることもすっごく嬉しい。で、相馬くんも純平も、あたしとおんなじように喜んでくれるでしょ」

「だって嬉しいよ」

純平がえへへと笑う。

「小梅ちゃんのお店やけど、僕も貢献できてる。和小物もちょこっとずつ売れてるし」

うんうん、と小梅は頷く。

「ランチもお客増えたけど、閉店まで客足が途切れないしね。忙しくて夕方脚《あし》がぱんぱんになるのも喜びっていう」

「俺も閉店まで手伝いたいけどなあ」

「ダメ。相馬くんは一日も早く楡崎《にれざき》さんに認められて、立派な家具職人兼料理人にならなきゃ」

　相馬は目を瞬いた。

「両方？」

「うん。だって相馬くんの料理愛、趣味にとどめておくにはもったいないもの」

「僕もそれ思うよ。僕と違って、相馬は自活できるだけの生活力があるし、真面目やし」

「両方かあ」

　相馬はうーん、と唸《うな》った。

「大変そうだけど……いいなあ、それも」

「ちょっとはその気があったから調理師免許取ったんでしょ」

「いや、純粋に興味があったっていうか……楡崎さんに会う前ね」

　まだ都内で大学生だった頃、調理師免許を取った。料理を作ることが好きで、母親のために台所に立つのは日常で、どうせなら何か将来につなげられるかもと思ったのだ。あの頃相馬は今とは違う悩みがあった。自分に何ができるのかわからず、思いつきで資格を取ったりもしていた。

　実は、フォークリフトの免許も持っていたりする。手に職をつけたかったからだ。力のない子供で、苦労することが多かった。寂しさより悔しさを感じる子供時代だった。

だから、稼げる方法を模索していた。

「実はさ、タケ子ばあちゃんにまた依頼されて」

えっ、と純平と小梅は声を揃《そろ》えた。

「あの出張料理人みたいなバイト？」

「そう」

来週半ばに、別の家に行ってきてくれ、と相馬は頼まれていた。

「また一万円？」

「まあね」

おお、と純平は身を乗り出すようにした。

「僕さ、今だから言うけど。ばあちゃんが最初一万円出してきた時、相馬を買うんだと思ったよ」

えっ、と今度は相馬と小梅が目を丸くした。

「買うってなんだ」

「だから、デートか何かの相手にや。何しろばあちゃんは自称二十四歳の妖怪やろ。あっちのほうも現役なんじゃないかって噂《うわさ》があってさ」

「や、やめてー」

小梅が頭を振る。

「そんなところ想像したくない」

「俺も」

相馬は焦って酒をあおった。

「なんてこと言い出すんだ、純平。違うからな。純粋に、ばあちゃんの知り合いの家で飯のことを」

「や、わかってるって。違うって知って安心したよ。でもさあ、一回こっきりだけじゃなくて、何回ともなると問題や」

「何がだよ」

「こないだは年配の人だったやろ。じゃあ、若い女の子が一人暮らしする家だったら？」

相馬は苦笑した。

「さすがにそれはないだろ？　ばあちゃんの知り合いなんだから」

これには小梅が反論した。

「タケ子ばあちゃん顔広いよ。こないだ女子高生ふたり組、店に連れてきてたもん」

「わー、どうする相馬。すっごい美人で、むちむちボディーで、ご飯作ってくれるならあたしのこともお願い、とか言われちゃったりして」

と純平がしなだれかかってくる。また悪酔いしている。相馬はやめろ、と笑いながら純平の頭を押しやるようにした。小梅もけたけたと笑っている。

その時、階下で、何かが割れるような大きな音がした。

相馬は純平や小梅と一瞬顔を見合わせてから、すぐに立つと、

「ちょっと見てくる」

と言って廊下に出た。後ろから、純平と小梅が「泥棒じゃないよね」「気をつけてよ、相馬くん」などと言う。

用心しながらも階段の電気をつけ、下りてゆくと、相馬の目に意外な光景が飛び込んできた。

「沙希」

そこにいたのは沙希だった。玄関のたたきに腰をおろし、前かがみで、靴を履《は》いているようだ。

「ごめんね」

沙希はこちらを振り返ることなく言った。

「花瓶《かびん》割っちゃった」

さらに下りてゆくと、靴箱の上に置いてあった青磁の花瓶が落ち、無残に割れてしまっ

ている。小梅が定期的に花を生けてくれていたが、今朝方生けたばかりの小菊も、水たまりや花瓶のカケラの中に静かに横たわっていた。

「怪我は？」

相馬が聞くと、沙希は首を振った。

「よかった。上がっていくだろ？」

沙希が現れたのは二週間ぶりくらいだ。当然、相馬は彼女が上がるものだと思った。すると、沙希はまたしても首を振った。

「今日は帰るよ」

え、と相馬はさらに沙希に近づいた。やはり靴を履いている。今まさに帰ろうとしていたところだったのか。

「こっち見て」

一度も振り返らないことを不審に思い言うと、ようやく沙希はこちらを向いた。

相馬は、はっとした。

玄関のオレンジ色の明かりの下でも、沙希の顔色は悪いように見えた。それに少し痩《や》せたようだ。

「なんで帰るの。会いに来たんだろ」

「だって、邪魔しちゃ悪いし」

沙希は呟いた。小梅と純平が上にいることに気づいているのだ。

「楽しそうな声が聞こえたから。こっそり帰ろうと思ったのに、花瓶を落としちゃった」

「俺片付けるから。寒いし、先に上がってあったまっときな。すぐに俺も行ってなんか作るから」

沙希は首を振った。

「いいよ。今日はもう帰る」

そうして本当に引き戸に手をかける。

「待って」

相馬は思わずはだしのまま玄関に下りて、沙希の腕をつかんだ。刺すような鋭い痛みが左足裏に走るが、そのまま、沙希をこちらに振り向かせた。

「そんなの、ないだろ」

「なにが」

沙希はなんの感情も読み取れない静かな顔をしている。

「だって……、せっかく、来たのに」

「うん。だけど仕方ない」

「仕方ない？」

「連絡なしに勝手に来たほうが悪いから」

「今さらそんな」

そこで相馬は思い出した。以前、沙希が勝手にやってきて相馬がいなかった場合を話した時。沙希は飢《う》えて死んでいるかもしれない、と答えたのだ。

「沙希。腹減ってんじゃないの」

沙希は一瞬軽く目を見張ったものの、うっすらと笑った。

「うん。すごくね」

「だったら」

「馬鹿《ばか》だなあ、相馬は」

沙希は笑って、相馬の懐《ふところ》に飛び込んでくると、そのまま強く抱きついた。

「沙希」

「あたしは、空腹なの。すごくすごく、空腹なんだよ」

「……うん」

沙希が言う空腹とは、胃袋がからっぽという意味ではないのだろう。それはなんとなくわかっている。

「相馬を食べ尽くしてしまいたいくらい、空腹なの」

「いいよ」

相馬は自分も沙希をぎゅっと抱きしめて呟いた。

「そうすればいいのに」

沙希は無言となった。一度だけ、腕の中で小さく震えた。しかしすぐに、相馬の胸を押すようにして離れた。

「本当に馬鹿だなあ。食べ尽くすってどういうことか知ってる？ 相馬がいなくなってしまうんだよ。いなくなったのと同じくらい、相馬を破壊し尽くしてしまうかもしれないのに」

相馬は言葉を失った。沙希はなんともいえない、強い目をしていた。それは、決して恋人に向ける瞳ではなかった。

なんというのか――。

まるで、憎んでいるかのように激しい目。

相馬が無言になって沙希を見ている間に、沙希は背中を向けて、そのまま小雪がちらつく夜の闇《やみ》の中に駆け出していった。

「待てよ」

相馬ははっとして沙希を追いかけようとした。しかし足が思うように動かなかった。左足の裏に刺さったままの陶器のカケラ、それが、食い込んでいる――。

「これ一応病院行ったほうがいいよ。明日にでも」

二階に戻った相馬の足を、小梅が手当てをしてくれた。

ピンセットで足裏に刺さった破片をいくつか取り去り、消毒薬と滅菌ガーゼで応急処置をしてくれた。血はそれほど出ていない。

「大丈夫そうだけどな」

「怪我はともかく。沙希さんは大丈夫なの」

「わからない」

本当にわからない。玄関の片付けは純平がしてくれている。

「あのね。前に何度か、沙希さん元気って、あたし聞いたでしょ？」

小梅が相馬の足にくるくると包帯を巻きながら話す。包帯はちょっと大袈裟《おおげさ》だな、と思いながらも、相馬はただ、うん、と呟いた。

「実はさあ、ちょっと危ういなと思うことがあって。沙希さんが時々、ここに来て泊まってたことは知ってたんだけど……」

「けど?」

小梅は言いにくそうに続けた。

「沙希さん、必ず足跡を残していくんだよね。痕跡《こんせき》っていうか」

それはどういうことだと相馬が眉をひそめると。

「ほら、こないだは花柄の傘を玄関に置きっぱなしで。雨なんか降ってなかったじゃない? その前は、ピアスとかネックレス、日焼け止めとかを、玄関の靴箱の上に置き忘れてあったり」

そういえば、沙希さんの忘れ物だよ、と渡されたことがたびたびある。

「じゃあわざとか」

「自分がここに来たっていう証拠っていうか、牽制《けんせい》っていうかね」

「牽制って、誰に」

小梅は顔を上げて、じっと相馬を見つめたのち、苦笑した。

「小梅に?」

確かに嫉妬《しっと》めいたことは言われたことがあるし、実際、自分はとても嫉妬深いのだとも言っていた。

「言わなかったけど、極めつけのこともあってさ」

小梅は居住まいを正すようにする。

「あたし、母親がお店だけじゃなくて実家の玄関の花をちゃんと飾るもんだから、ここでもそうしてたんだけど。夏過ぎくらいに、前日生けたばかりの花が取り替えられてたんだよね。白い小菊から白いガーベラに」

「……沙希が？」

小梅は頷いた。

「たぶんね。二日続けて沙希さん来たって相馬くんが言ってたし。もともと生けてあった小菊は、外のゴミ箱に捨てられてた」

「……ひどいな」

そこに純平が戻ってきて、こたつにもぐりこんだ。小梅は話を切り上げて救急箱の片付けを始めようとする。相馬はそれを制した。

「いいよ。話の続きして。じゃあ、小梅は、沙希が小梅への嫉妬心でそういうことをしたと思ってるの」

「単なる嫉妬でもないと思う」

小梅は真剣な顔つきで答えた。

「なんていうのか……沙希さん、多分少し病《や》んでる。だって、痕跡の残し方にしたって、相馬くんよりあたしが先に気づくようにしてるし。花なんかは、あたしは、実家の庭に生えてるのを選んで剪定《せんてい》して持ってきてるから、たいそうなものではないけど、わざわざ似ている形の、同じ色の花を買ってきて生けてるってことでしょう」

「……確かに俺、気づかなかった。花か」

「相馬くんは気づかないよ。気づく男の人のほうが少ないかも。よっぽど花に興味がない限り」

「僕知ってたよ」

純平が少しのほほんとした声で口を挟む。

「一日で花変えるなんて珍しいなあと思って。しかも花屋で売ってるようなの。沙希ちゃんだったんや」

「気づかなかったのは俺だけか」

相馬はさすがに落ち込んだ。花のことだけじゃない。沙希が自分の痕跡を残していたことについて。相馬の服を持っていく代わりに。

「だから小梅は俺に、沙希のことを聞いたんだな」

「大丈夫なのかなあって。うまくいってるにしては、沙希さん不安定な気がして」

「俺が鈍感だから」

相馬は自嘲《じちょう》気味に呟く。

「もっと話を聞かないと」

「相馬、あの子はやめたほうがいいよ」

純平が静かにそんなことを言い出す。

「相馬は苦労人ぽいけど、根がすれてないっていうか、そのままの人を見ようとするけど、あの子は見た目のままじゃないよ」

「どういうことだよ」

相馬は苛立《いらだ》った。純平が沙希の何を知っているのかと思う。いやそういう自分だって恋人のくせに、沙希のほとんどを知らない。

知ろうとしたことがなかった。

それはやはり、自分の落ち度なのかと思う。花瓶を割る前に。そこに生けられた花を捨てる前に。相馬が沙希の不安を解消できればそれでよかったのではないか。

そしてそれはまだ間に合うはずだと、心のどこかで思ってもいる。

純平は、ゆっくりと、ぽつぽつと話す。

「あのさあ。僕はさ、基本的に、何かを創《つく》る人が好きなわけ。自分がそうだから。スイーツとか、ちまちました小物とかね。小梅ちゃんや相馬も創る人や。んーと、料理とか家具だけじゃなくて……日々何かしら工夫したり、新しいものを作りだすのが好きなはずや。人間関係だってそのひとつで、作りだして、大事にするものや。それはさ、アーティストっていうより、普通に、当たり前に、毎日ってものを、愛しているからだと思うんだよね。そういう意味では、タケ子ばあちゃんだって、創る側の人やし」

愛という言葉を使うところが純平らしい。しかし、タケ子の名が出てくることで、ひどく納得ができる。

でも、と純平は続けた。

「沙希ちゃんはさ、何かを創るんじゃなくて、壊す側の人や。与えるんじゃなくて、奪う側の人や」

「そうじゃない」

相馬は反論した。

「それだけじゃない……」

強く反論したいのに、言葉が出ない。

（いっそ自分からこの幸せを壊してしまえば、ああやっぱりって、結局あたしは何も得られないんだって、ようやく安心できるような気さえ、するんだよね）

相馬は黙り込み、額に手をあてて目を閉じる。追いかけるべきだった。雪の中に出ていった華奢《きゃしゃ》な背中。追いかけて、抱きしめて、大丈夫だと言ってやればよかった。

しかし。

「先週の月曜日にさ」

純平が言いかけたのを、

「やめてや――！」

小梅が鋭く制した。

「うざくらしいげんて、純平！」

「でもさ、相馬は知るべきだ」

相馬は顔を上げた。小梅がなぜか泣きそうな顔をしている。純平を見た。

「なに？」

「……見ちゃったんや。こないだの月曜日、香林坊《こうりんぼう》の交差点とこで」

どくん、と胸のあたりで音がした。

「沙希ちゃんが、少し年配のおじさんとくっついて歩いてた。お父さんかなとも思ったけど、そんな雰囲気じゃなかった。沙希ちゃんのほうがべったりして、恋人つなぎで手つないで、体寄せて。相手の男の顔しか見ないで歩いてた。だから僕にも気づかなかったんやな」

明かりが半分に落ちた工房で、相馬は楡崎にもらった大型材を前に座り込んでいた。

ブラックウォールナットはチーク、マホガニーと並ぶ世界の三大銘木《めいぼく》のひとつ。その木肌はきめ細かく、堅く粘りのある材質が特徴的だ。加工後の劣化や経年変化が少ないことから、ライフルの銃床や、楽器にも使われる。

夜半、楡崎の妻の常盤《ときわ》がやってきて、

「風邪ひかんといてや」

と言ってブランケットを渡してくれた。それから、おにぎりとお茶も。

見習いたちが工房に遅くまでいるのは、珍しいことではない。仕事としての作業が日中に終わっていれば、自由に工具類を使うことが許されていた。

楡崎の自宅は工房の裏手にあり、常盤はよくこうして、スタッフに差し入れをしてくれる。

「相馬くん、楡崎はいろいろ言うたかもしれんけど、気にすることないさかいね」

常盤は隣に同じように座り、そんなことを言った。

「この木だって、焦らんと、何年かここに置いとってもいいんやし」

「いえ。俺が、そんなに待てそうにないんです」

今すぐにでも、これを形にしたい。認められたい。でも、何ひとつ絵が思い浮かばない。あまりにも立派な大型材、芳醇《ほうじゅん》すぎる木の香り、この堅く大きな塊《かたまり》が内包する〝なにか〟の片鱗《へんりん》さえ、見えてこない。

「楡崎はねえ、あんたのことが好きねんて」

常盤は唐突に、そう言った。

「若いころの自分に似とるさかい」

「え？　似てますか？」

相馬は思わず、微妙な顔をしてしまう。常盤はくくく、と喉《のど》で笑った。

「似とる似とる。あ、見た目でないよ。なんていうか、クソがつくくらい真面目なとこぉとか？　あんたもきかんとこあるがいね」

「……母親にはよく言われました。頑固だって」

一度やろうと決めたことを途中で放りだすのは嫌いだ。相馬はこの木材を請け負った。失敗できないと思う。これが希少な大型材だからというだけではない。試されているのだ。楡崎に。

「それに、真面目で融通がきかないのは、臆病《おくびょう》で小心者だからだって」

今でも覚えている。十二歳の夏、母親が突然、旅行に行こうと言い出した。そんな金があるのか、と相馬はまず心配した。それから、行き先や、宿の手配や、交通手段などもどうするのか聞いた。母親は呆《あき》れ顔になって言ったのだ。

（つまらない子ねえ、そんなの、何も決める必要なんてないでしょ。行き当たりばったりなのも、けっこう楽しいものなのよ）

昔も今も、相馬にはそういう考えはない。無計画は失敗を生みやすい。欲しいもの、やりたいことがあるなら、前もって準備をするし、勉強が必要ならとことん勉強すればいい。ただ――――今思えば、金沢行きの電車に飛び乗ったあの行動は、まったく相馬らしからぬものだった。

「やっぱり、似とる」

隣で常盤がまた笑う。相馬は横目で常盤を見て、聞いた。

「どうして楡崎さんと結婚したんですか？」

常盤は、

「そりゃ……」

と言いかけて、立ち上がった。

「ちょっと待っとって」

それから工房を出ていったかと思うと、すぐに戻ってきて、何かを相馬に手渡した。

飴《あめ》色の、木製の櫛《くし》だ。手のひらにすっぽり収まるサイズで、桜と流水紋が掘られており、なかなか古い品に見える。

「これ……柘植《つげ》、じゃないですね。みねばりですか」

みねばりは、カバノキ科で、年に数ミリしか幹が太くならない希少な木材だ。その丈夫さから、櫛のほか、そろばんの玉にも使われている。

「さすがやね。それ、うちの愛用品なんやけど、おばあちゃんの形見でもあるんや」

常盤は肩までの黒髪を、普段はゆるくひとつに結んでいる。白髪もなく、五十歳手前とは思えないほど艶《つや》もある。聞けばこのみねばりの櫛に少量の椿 油《つばきあぶら》だけで、長年枝毛知らずだし、艶も保てているのだという。

「娘の頃から大事にしてたこの櫛を、うち、不注意で落として、割ってしまったことがあるんや。木製のブラシは修理してくれるとこあるんやけど、櫛はどこも修理してくれん。難しいんやて」

確かに、櫛は難しい。ブラシであれば、歯が何本か折れたとしても、折れた部分だけ差し替えればいけるだろうが、櫛は一枚板のテーブルと同じで、継ぎ目がない。

「でも、楡崎が直してくれてん」

常盤は目を細めて言った。

当時、楡崎は常盤にとって何人かいるボーイフレンドのひとりだったという。それも年下の。

「うちがな、割れてしもうた櫛の話して、でももう諦《あきら》めてる、おばあちゃんも許してくれるさかいって言うたらな。あの人怒ったんや。バーサンは許してくれるやろうが、自分で自分が許せんのやろって。だったら俺がなんとかしてやるって」

それから楡崎は櫛を持ったまま常盤の前から消え、十日も姿を現さなかった。次に現れた時は、櫛はすっかりもとの姿を取り戻していた。

「うちが泣いて感謝したらな、感謝はいらんし、結婚してくれって。なんでかなあ、それでうち、即答してん。はいって」

相馬は使い込まれた飴色の櫛を撫《な》でる。ぱっと見ただけではわからないが、注意深く見ると、微《かす》かな修復のあとが見て取れる。

おそらく割れた箇所に新たな木を足して、特殊な接着剤を使い、細心の注意で削りと磨きを行ったのだろう。

「……楡崎さんらしいです」

言うことも、やることも。

「そうやろ？　あんたと似とるやろ？」

常盤は笑って言い、相馬から櫛を受け取ると、それを大事そうに上着のポケットにしまった。それから、

「しわしわっとやりまっしね」

と言い残して出ていく。

しわしわ？

「……そういう言い方もあるのか」

まあつまり、ゆっくりやれという意味なのだろう。

相馬は再び、大型材と向き直った。

吐く息が白く煙る。

工房仲間はみんな家に帰った。

とりあえず、スケッチブックと愛用の鉛筆を手にしていたが、素描《すが》きの一本でさえ、描き始めることができない。

一休みして、常盤が作ってくれたおにぎりを食べた。中身は大根の味噌《みそ》漬けで、熱いお茶と一緒に、空っぽの胃袋に染み渡ってゆく。

常盤も創る側の人間だ。

そしてもちろん、楡崎も――。

相馬は思い出す。初めて楡崎が作ったテーブルを見た時の衝撃を。

建築現場のアルバイトと学業を掛け持ちしていた。

母親の生活は相変わらずで、高円寺《こうえんじ》のスナックでホステスを続けていた。明け方帰ってきては昼過ぎまで寝る生活、相馬が作り置いた食事を摂《と》って店に出る、という繰り返し。

食卓テーブルというものがなくて、六畳のテレビがある部屋に置いてある座卓で、相馬は食事をしたし、勉強もした。二間続きで、相馬が中学生になってからは、続きの三畳間が相馬の部屋になり、母親は座卓を壁際に寄せてそこに布団《ふとん》を敷いて眠っていた。

えんじ色の天板が剝《は》げかかった、折りたたみ式の小さな座卓だ。それを貧相だと感じたことはなかった。しかし、大学生になって、何気なく立ち寄った家具の展示会で、初めて楡崎のテーブルを見た時。

相馬は、四人がけのそのテーブルの上に載る料理まで見た気がした。ただの木の艶が美しいテーブルではなかった。そこに集《つど》う家族や、湯気をあげる料理までもが見えたのだ。そして揃いの椅子《いす》のなめらかさ、座り心地。試しに座ってみた時、涙が出そうになった。

こういうテーブルで食事をするような家庭に生まれたかった。

そんな思いに揺さぶられた。

しかしそれは、女手ひとつで相馬を育ててくれた母親への裏切りのような気がした。

母は、家事一切をほとんどやらず、小学校高学年まで、相馬は栄養不良によるガリガリに痩せた少年だった。食事は外食かコンビニで、孤食が多く、栄養もめちゃくちゃだった。相馬は小学六年生の頃から、図書館で栄養学や料理の本を借り、放課後はスーパーに寄り、台所に立つようになった。洗濯機を回し、洗濯物を畳《たた》む。掃除機をかけ、ゴミを捨てる。

その何もかもに、納得していたわけではないが、何より相馬が作った食事を母が喜んでくれるのが嬉しかったし、クラスメイトに馬鹿《ばか》にされずにすむこともよかった。

それなのに。

たったひとつのテーブルの前に、相馬の価値観は崩壊した。大げさな言い方かもしれないが、わからなくなった。そのテーブルの向こうに見えた光景に、胸が苦しいほど恋い焦《こ》がれ、同時に罪悪感に押しつぶされそうになって、相馬は金沢へ向かったのだ。

楡崎が家具以外の世界を持つことを条件に弟子入りを受け入れてくれ、保護者の許可も絶対条件だったため、東京に戻り、母親に自分の決意を告げた。

金沢に行き、家具工房の見習いをしたい。生活費は、自分でなんとかする。

母親は驚いた様子だったが、笑って、言った。

『あんたにしちゃあ、向こう見ずな決断したね』

それから、『好きにやりな』と言ってくれた。彼女を心配する相馬の首をぐいっと抱き寄せ頭をぐりぐりやって、『お母さんの生活力をなめんじゃねえよ』と笑った。

相馬は憂《うれ》いなく金沢に旅立った。憂いなく――いや、本当は、母親がごねなかったこと、そして、母親とふたりきりだったあの狭いアパートや、剝げた折りたたみ式の座卓や、日に焼けたカーテンや、運転音がうるさい古いエアコンや、湿った畳や、そんな何もかもを置き去りにして旅立てることに、心の底からほっとしたのではなかったか。

だから胸が痛む。昔のことや、今もひとりで暮らしている母親のこと、その食生活、すべてを思うと。

相馬は大きな木材を前に、鉛筆を動かすことができない。

俺は、これでどんなものを作りたいのだろう。俺とこの木は、まだ、互いに選び合っていない。そんな気がしてならなかった。

6 娘というものは

「おんなじや、なんかうまいもん作ってやんまっし」

二度目の依頼の時、タケ子《こ》はそう言った。

例の奇妙なバイトで初めて紹介された寶田貴代子《たからだきよこ》は、あとで聞いたところによると、タケ子が教える三味線教室の生徒だったらしい。二年ほど前にタケ子は師匠をやめたが、交流は続いている。

そして今回は。

渡された住所を頼りに、巡回バスを降りてしばらく行くと、築年数のまだ浅そうなオートロックの低層マンションがあった。そこの一室に行くように指示が出されていた。

依頼主は、明野夏帆《あけのかほ》。年齢は不明。純平《じゅんぺい》にからかいまじりに指摘されたこともあって、今回は前もってタケ子に相手の年齢を聞いてみた。するとタケ子は、にこにこっと笑って、

「妙齢の女性やさかい、失礼のないようにな」とだけ言うのだった。

この「妙齢」の定義が相馬《そうま》にはよくわからない。タケ子だって自分をまだ二十四歳だの、妙齢だのと言うではないか。

はたして、玄関ドアが開いて、相馬を出迎えたのは、貴代子と同じくらい、六十歳前後の女性だった。相馬はほっとしたが、彼女のほうはなぜか、相馬を頭のてっぺんからつま先までぱっと見て、嬉《うれ》しそうに笑う。何か違和感を抱きつつ、相馬も笑顔を返した。

「こんにちは。倉木《くらき》です」

「はいはい、まあ、時間もぴったり」

女性はせっかちな様子で相馬を中に招き入れた。

「わざわざどうもねぇ。さあさ、上がってくださいな」

一見、普通の主婦のようだ。小太りで、化粧気もなく、ひとつに結んだ髪には白いものが目立っている。しかし貴代子の時のような、病《や》んでいる気配はない。

それでも今回も、何か理由《わけ》ありなんだろう。そうでなければ、わざわざ見知らぬ男を、家に入れないだろう。彼女は、

「さあ、どうぞどうぞ」

と廊下の奥へと相馬を誘《いざな》いながら、

「背が高いのねえ。何センチあるの？」

とか、

「外は寒かったでしょう。バス停から少し歩くわよねえ、ここ」

などと話しかけてきた。それから、突然立ち止まったかと思えば、くるりと振り向き、相馬をじっと見上げてくる。

「思っていたよりずっと素敵ねえ。タケ子さんに感謝しなくちゃ」

むふふ、となんだか含みのある笑い方。相馬は困惑した。

「あの、明野さん……」

あらあ、と彼女は小さな目を瞬《またた》く。

「違いますよお。あたし、佐伯《さえき》です。佐伯美津《みつ》」

「え」

一瞬、家を間違えたかと思う。しかし部屋番号も、表札も、確かにメモ通りだったはず。

彼女、佐伯美津はいたずらっぽく笑っている。

「ごめんなさいねえ。あたし家政婦なんですよ」

それから、リビングと思しき部屋のドアをさっと開けた。

「お嬢さんはこちらです」

お嬢さん？

相馬は美津に続いてリビングに入った。

広いリビング。正面の、白く大きなソファに女性が座っていた。相馬と目が合うと、少し気まずそうな顔をする。

「……どうも。明野夏帆です」

新聞を手にしたまま立ち上がった彼女は、まだパジャマ姿だった。

彼女は、二十代後半だろうか。肩上までの短めの髪には寝癖がついたまま、黒縁の大きなメガネ越しの目も、なんだか眠そうだ。水色のストライプのパジャマの上にカーディガンを羽織り、足元は裸足《はだし》。

彼女が、明野夏帆なのだ。

「こんな格好ですみません。今日は久しぶりのお休みで、さっき起きたばかりなのです」

「いえ。大丈夫です」

丁寧《ていねい》な話し方に相馬が微笑《ほほえ》むと、夏帆はにこりともせずに言った。

「あなたが噂《うわさ》のエプロン青年、ですか」

「噂？」

「見た目よし、料理よし、性格よしだと聞いております」

相馬は束の間沈黙した。

「えーと……誰がそんなことを」

「美津さんのお友達のおばあちゃま。そうでしたね？」

同意を求められた美津は、大きく頷《うなず》く。

「そうそう。本当にいい方を紹介してくださってえ」

いや、まだ何もしていない。勝手にハードルが上がっていくようで、相馬は焦った。

「昼の食事を、作るということで伺《うかが》ってます」

これには、美津が答えた。

「はいはい。そうお願いしています。何しろお嬢さんは仕事が忙しくってぇ、普段はお昼ご飯も満足に召し上がらないんで」

「忙しいので。食べ物なんて、なんだっていいです」

夏帆はにべもなく言ったが、家政婦は眦《まなじり》を吊り上げた。

「それじゃダメなんですよぉ、お嬢さん。食事のことに無頓着《むとんちゃく》になると、ますます婚期が遠のきますって」

夏帆はまったく意に介さない様子で、相馬に向き直った。

「そのお昼ご飯、どのくらいでできますか？」

「そうですね。メニュー次第ですが、まあたぶん、二時間くらいあれば」

「二時間。それならわたし、もう一眠りします。できたら教えてください」

生真面目な相手に、相馬も真顔で応じる。

「俺が起こしていいんですか?」

夏帆は眉をひそめた。

「いえ、そういう意味では」

「まあ、それもいいですね」

うきうきと美津は言い、夏帆のほうは呆《あき》れた顔で自分の家政婦を見た。

「美津さん」

「お嬢さん、怖いお顔。ここ、ここ、しわ!」

と美津は自分の眉間《みけん》を指差す。家政婦というより、身内のような遠慮のなさ。これに対し、夏帆はふう、と大きなため息をついた。

「もちろん自分で起きます」

「あらあ、もったいない」

美津は本当に残念そうな顔をする。

「あたしだったら喜んで起こしてもらいますけどねえ」

「わたしは美津さんではないので。それでは、後ほど」

夏帆は寝癖がついた頭をかきながら、静かな足取りでリビングを出ていった。

すると美津が、すかさず相馬に聞く。

「うちのお嬢さん、なかなか可愛《かわい》らしいでしょ？」

相馬は、曖昧《あいまい》に笑うことしかできない。

「キッチンと冷蔵庫見せてもらっていいですか」

「はいはい」

美津は軽い足取りで相馬をキッチンへと案内してくれた。リビングに続きの広めのスペースで、食材も冷蔵庫に豊富に揃《そろ》っている。

「これ、すごくいい肉ですね」

中に能登豚《のとぶた》の塊《かたまり》肉を見つけ、思わず嬉しくなる。ほかにタラ、エビ、野菜、きのこ類までなんでもある。ハーブ類をはじめとした調味料も完璧だ。

「今朝方張り切って、買い出しに行ってきたんですよ。お嬢さんも、なんでも買ってきて構わないっておっしゃってくれて」

「いろいろ作れそうです」

相馬は頭の中で素早くメニューを組み立て始めた。すると、

「あのう、あたし、ここで見ていていいかしら？」

美津が興味津々《しんしん》といった様子で聞く。相馬はエプロンをつけながら、

「もちろんいいですよ」

と応じた。

「男の子が料理するのって珍しくて。うちのふたりの息子も、夫も、何もしないから」

「お母さんのご飯が美味《おい》しいからじゃないですか」

お世辞でもなくそう言う。

「いやだわぁ、違うわよ。あたし、地味なものしか作れないの」

美津は照れた様子で手を振った。

「煮物とか、煮魚とか、きんぴらね。息子たちや夫は、そういうのが一番いいって言うけど」

「ほら。だからですよ」

「そうかしらねえ。去年、ようやく下の子も結婚したんだけどね。お味噌汁《みそしる》くらい作れるようにしておけばよかったわぁって」

「必要に迫られれば作れるようになりますよ」

相馬はまず、能登豚に調味料を擦《す》り込むと、ローズマリーの枝とともにタコ糸で縛り上

げた。それからリンゴを半分すりおろしたものと生姜《しょうが》、ニンニク、はちみつ、酒と一緒に浸け、常温に置いておく。

「それローストポーク？」

「はい」

「へええ。リンゴ使うなんて新鮮」

「付け合わせにも使います」

ローストポークの付け合わせに、ペコロス、ジャガイモ、にんじん、それからリンゴをスライスしてソテーしたものも添える。

実はこれは、小梅《こうめ》のレシピだ。実際、相馬だってあまり凝《こ》った料理を作った経験は少なかった。金沢《かなざわ》に来て、小梅と茶房《さぼう》をやるようになってから、レパートリーが増えたといえる。

能登豚のローストポークは、茶房「こうめ」の人気定番メニューでもあった。

前回の貴代子の時とは違い、今回は食材や設備に申し分がない。

強力粉とドライイーストも見つけて、それで丸パンの生地をしこむ。電子レンジで二次発酵《はっこう》まで終わらせて、オーブンをセットする。

次に、アサリを白ワインで酒蒸しし、エビの殻《から》やセロリ、ネギを炒《いた》めて出汁《だし》をとった。

別のフライパンでバターとエビ、タラの切り身をさっと炒め、先ほどの自家製ブイヨンに牛乳、生クリーム、カレー粉を足し、スープを作る。

「すごいわねえ、魔法みたいねえ」

美津はパチパチと手を叩く。相馬は茹《ゆ》で上がったジャガイモを剝《む》きながら、美津に聞いた。

「タケ子ばあちゃんとどういった知り合いなんですか」

「お友達よ。あたしたち、駅前のカルチャーセンターで知り合ったの」

「カルチャーセンター」

「フラダンスよ。まだ始めて間もないけど、タケ子さんはとってもお上手なの。来年発表会もあるから、よかったら見にいらして？」

ははは、と相馬は笑った。なんだか乾いた笑い声になってしまった。

美津は嬉しそうに話し続ける。

「タケ子さんって聞き上手でねえ。あたしが、ついついうちのお嬢さん、夏帆さんのことを相談したのを、ちゃあんと覚えていてくれて。こうしてあなたみたいな様子のいい男の方をよこしてくれるんだから、さすがの人脈というか、頼りになるわあ」

相馬はつい無言になり、ジャガイモの皮を剝くことに専念した。これと生野菜、アンチヨビを合わせて、ニース風サラダにするつもりでいた。ゆで卵はすでにできているし、サラダによさそうなチーズも見つけてある。

美津はキッチンのカウンター席に座り、ため息まじりに話しだした。

「本当にねえ。何しろうちのお嬢さん、私生活に潤《うるお》いがないんですよ。あ、お仕事は弁護士でね、とっても優秀なの。でも今いる事務所がかなり忙しいところで、朝早くから夜遅くまで、時には日付をまたいで、仕事、仕事。お友達と飲みに行くのも面倒臭いって、お休みの日でさえもパジャマのまま、缶チューハイとつまみだけで一日過ごしたりして」

「佐伯さんは、長くこちらで働いてるんですか？」

普通の家政婦にしては距離が近い感じがした。

「夏帆さんが、小学校三年生くらいからね。その頃、お母様が亡くなって。お父様もお忙しい方なので、通いでお嬢さんのお世話をさせてもらったんですよ。その頃から大人びて、利発なお嬢さんでねえ。司法試験も、大学在学中に一発合格したんですよ。すごいでしょう」

「優秀な方なんですね」

「頑固だし、ご覧になったようにものぐさですけどね」

言葉とは裏腹に、美津は誇らしそうだ。相馬は微笑んだ。

「でもねえ、とにかく、食に対して興味がないのが困るんですよ。幼い頃から、ひとりで食事されることが多くてねえ。そのせいもあるわね。ほんと、ご自分で卵ひとつ割ったこともないんですから」

どこまで聞いていいものか、相馬は困りながらも無言のまま、時折相槌《あいづち》をうってすませた。意識は料理のほうに向けるようにしながら。

しかし、美津が続けた言葉で、危うく包丁《ほうちょう》で指を切りそうになる。

「このままだと一生独身だし、あたしもいつまでここに通えるか。だから夕ケ子さんに頼んでみたんだけど、いい人が来てくれてよかったわあ」

ん？　と相馬は美津を見た。彼女は妙にキラキラした瞳で相馬を見ている。

「あなたまだ若いけど学生でもないし、家具職人さんになるためにがんばっているんですってね。それにこれだけお料理ができれば、夏帆さんのサポートも万全だし。ええ、あたしこう見えて柔軟な考えの持ち主なんですよ。男の人が家事にまわったっていいわよね。何しろお嬢さんは立派な職業をもって、そのへんの男の人よりよほど経済力もあるし」

「ちょっ……と、待って」

相馬は料理の手をとめて、まじまじと美津を見た。

「俺、ここには食事を作りに行ってくれと頼まれただけで」

「照れなくていいのよ。引け目を感じることもないわ。お嬢さんもあなたを一目見て気に入っていたでしょう。けっこう人の好き嫌いがあるのに、追い返しもしなかった。それにお料理ができる恋人なんて、今の夏帆さんには一石二鳥」

相馬はきっぱりと言った。

「俺、恋人がいるんです」

ここで沙希《さき》のことを持ち出すとは自分でも思わなかった。美津は心底びっくりしたようだ。

「ええ？　やだわ、どういうこと」

「それは俺が聞きたいです」

相馬は一万円で雇われただけだ。貴代子の時と同じように。食事を作ってやってくれ、できれば一緒に食べてやってくれ、と。

「ちょっとタケ子さんに電話」

美津は慌《あわ》てた様子でキッチンを出ていった。

さてどうしたものかと考えたが、作りかけの料理を放置はできない。相馬は嘆息し、心を鎮めて、再び料理に取りかかる。するとすぐに、美津が戻ってきた。

「好きに解釈してくれて構わないんですって」

「…………」

あの妖怪バーサンめ。

「恋人がいたってあなた、婚約しているわけじゃないんでしょう」

美津は満面の笑みで、そんなことを言うのだった。


「うちのテーブルじゃないみたいですね」

昼過ぎに再び現れた夏帆は、さすがにパジャマではなく、セーターにスウェット地のロングスカートに着替えていた。メガネもしておらず、寝癖も直してある。それでも美津は、

「お化粧くらいなされればいいのに」

と不満顔だ。逆に相馬はホッとしていた。美津やタケ子の思惑はともかく、肝心《かんじん》の夏帆にその気がないのは明白で、相馬としては助かる。

ダイニングテーブルはガラスの天板にアイアンの足がついた瀟洒《しょうしゃ》なもので、この家のインテリアにしっくりきている。

そこに落ち着いたピンク色のランチョンマットを敷き、テーブルセンターに花と料理を並べてくれたのは、美津だ。

ローストポークとごろごろ野菜、カレー風味のシーフードスープ、サラダ、丸パン。

夏帆は生真面目な顔で言う。

「すごい。こういうの、家でも食べられるのですね」

「よかったですねえ、お嬢さん。倉木さんも一緒に食べていってくれるそうですよ」

美津は言い、鼻歌まじりにカトラリーやグラスをふたり分セットする。それから、

「これはあたしから。お嬢さんのお好きなボルドーですよ」

とワインを出してきた。夏帆はワインのラベルを確かめていたが、静かな声で言った。

「美津さん。席はみっつ用意してください」

「え、みっつ？」

「せっかくのご馳走《ちそう》です。みんなで食べたほうが美味しいでしょう。わたしと、このエプロン青年と、それから、美津さんも一緒に」

「いーえ、とんでもない」

美津はぶんぶんと手を左右に振る。

「あたしは、さっきキッチンで味見もさせてもらったんです。残ったらタッパーにでも入れて持ち帰らせてもらいますし」

「ダメよ。だってそもそも、彼をここに呼んだのは美津さんでしょう。わたしは本音を言えば、休みの日は食事なんてますますどうでもいいんだし」

「そんなあ、お嬢さん」

美津は弱ったような顔をしている。夏帆はちらりと相馬を見て、小さく付け加えた。

「ごめんなさい、ご飯作ってくれたのは感謝してます」

相馬は苦笑した。

「いえ。俺は、じゃあ、お言葉に甘えてつかせてもらいます」

相馬は夏帆の正面の椅子《いす》を引いた。自分ではなく、美津のために。なんとなく、夏帆の意図がわかってきた。

「えー、そうですか？　じゃあ、あたしも……」

美津は恐縮した様子で椅子に座る。

相馬は手早くワインボトルの栓を抜き、グラスに注ぎ分ける。こういう時、レストランでのバイト経験が役に立ったりする。

夏帆がグラスを持ち、

「では、乾杯しましょう」

と言い出した。美津が期待に満ちた目で夏帆と相馬を見る。

「おふたりの出会いに？」

夏帆は生真面目な顔で首を横に振った。

「違います。美津さんの五十九歳のお誕生日に」

えっ、と美津は、目をみはった。

「それから、手術が無事に成功しますように」

「お、お嬢さん」

美津は、信じられない、といった顔で夏帆を見た。

「来月から旦那《だんな》さんと旅行に行くから長期の休みが欲しいと言っていたけれど、本当は入院して手術をするのでしょう」

「ど、どうしてそれを」

「ご主人に聞きました。倹約家の美津さんが近場のアジア旅行ならともかく、一カ月もの船旅なんておかしいと思って」

美津は絶句していたが、自分を落ち着かせるためか、まだ乾杯もしていないワインを一口、ごくんと喉《のど》を鳴らして飲む。

「乳がんだって、聞きました」

夏帆が言うと、さらに一口。

「それも早期発見だから、手術すれば問題ないと。でも、術後しばらくは、投薬期間が続くし、ここでの仕事も今まで通りというわけにはいかないだろうと」

美津は青ざめている。先ほどまでの、おしゃべりで陽気な家政婦が、体を縮こまらせて、すっかり大人しくなってしまった。

夏帆はさらに畳《たた》みかける。

「あなたは不安になったんでしょう。もし、この先、自分に何かあった時。結婚もせず仕事ばかりしているわたしが、卵のひとつも割れないわたしが、いったいどうなることかと。それでお友達のおばあちゃまに相談したというわけですね」

さすが弁護士。口調はあくまでも淡々と、事実だけを述べてゆく。法廷でスーツを着て弁論を繰り広げる夏帆の姿が、見えるような気さえする。

「行き遅れたわたしの私生活での面倒を見てくれそうな男の人が、ぴったりだと思ったあなたは、このエプロン青年を見てさらに期待を深めた。彼こそが、自分の代わりになるのではないかと」

「そ、それは」

「結論を言います。美津さんの代わりなどどこにもいません」

美津は呆《ほう》けたように夏帆を見つめた。夏帆はさらに、そっけない口調で続ける。

「あなたはわたしの母親も同然の人ですから。母親の代わりなど、世界中どこを探しても見つからないものです」

口調とは裏腹に、気持ちがしっかりこもった言葉だ。

グラスを持つ美津の手が細かく震え始める。相馬はそっと、グラスを彼女の手から取り、テーブルに置いた。美津は、するとエプロンの裾《すそ》を持ち上げ、顔にあてて、うーっと嗚咽《おえつ》を漏《も》らした。

「泣くことないわ」

と、夏帆の声は変わらずそっけない。やれやれ、と呟《つぶや》いて立ち上がると、ソファの後ろから大きな紙袋を持ってきた。

「はい、どうぞ」

と、美津に差し出す。美津は顔を覆《おお》ったまま、

「なんなんですか。お嬢さん。もう、なんなんですか」

と嗚咽まじりに繰り返している。

「お誕生日プレゼントです」

美津はいったん泣き止み、夏帆を見上げた。夏帆は眉を寄せたまま、こっくりと頷く。

美津が震える手で紙袋を受け取ると、夏帆は、業務連絡でもするような口調で言った。

「パジャマです。入院時に、最低三枚は必要になりますよ。前開きなので、機能的なはずです」

美津は言葉にならない様子で、ただただ、もらったプレゼントを紙袋ごと抱きしめる。

相馬は感心していた。パジャマというのが、ものすごく夏帆にしっくりくるではないか。

夏帆は再び自分の席に戻った。

「さて、じゃあ食べましょうか。お料理が冷めてしまいます。せっかく、美津さんが自分でアレンジしてくれたのですから」

美津は泣き止んで、夏帆を見た。

「お嬢さん、まさかあたしのために、今日のこと了解してくれたんですか」

「まあそうですよ」

夏帆は頷いた。

「美津さんの誕生日や入院のことがなければ、断ってます。何度も言うけど、わたし休みの日の昼ごはんは、美津さんの焼きそばとか、肉入りのうどんが食べられれば、それでいいんですし」

「お嬢さん……」

「食べましょう。全然期待してなかったけど、すごく美味しそうね」

相馬は微笑み、女性ふたりの皿に、メインのローストポークを取り分けた。

それから夏帆は、思った以上に食べてくれた。美津も最初こそ遠慮していた様子だったが、最後の皿にいたるまで、ぺろりと食べ尽くした。ワインも、結局ほとんどは美津が空けたようなものだ。

相馬は途中からキッチンの片付けと並行し、追加の料理を数品作っては出し、女性ふたりのランチ会を見守った。

（幼い頃から、ひとりで食事されることが多くて……）

相馬には見える気がした。幼い少女が、ひとりで広い食卓について、傍《かたわ》らにはおしゃべりな家政婦がいて、優しい瞳で少女を見ている。

だから少女は生真面目な様子ではあっても、寂しい顔はしていない。その日学校であったことや、料理のダメ出しまで、大人びた口調で、家政婦に話しかけている。まるで本当の親子のように。

美津がもらったプレゼントを開けている。最初に夏帆が着ていたブルーのストライプ柄の、色違いのようだ。

「誕生日、覚えていてくれてるんですねえ」

しみじみと、美津が話している。

「息子なんて、誕生日どころか、母の日だって、花の一本さえくれないですよ」

「それは仕方ありません」

夏帆は澄《す》ました顔で、食後の紅茶を飲みながら答える。

「息子ってそういうものらしいですから」

なるほど、娘とは違う。

美津と夏帆は顔を見合わせて、それから、笑った。初めて夏帆が笑うところを見た。

「来年の還暦のお祝いもしてあげます」

「それは、まだまだ、休めませんねえ」

相馬も皿を洗いながら、ふたりのやりとりを聞いていた。

キッチンの向こうのテーブルに、向かい合って座るふたり。血のつながりもなく、雇用関係にある彼女たちの横顔は、穏やかで、とてもよく似ていた。


帰りのバスで、相馬は考えた。

いろんなテーブルがあるなあ、と。家族が大勢揃って、和気藹々《あいあい》と夕飯を食べるだけが、幸せなテーブルではないのだ。

だから相馬も、自分の幼少時代に引け目を感じる必要はないはずだし、母を恨むのも間違っている。

そのことを、頭ではわかっていても、真に理解できていなかった。

沙希は、と彼女のことを思う。料理中はずっと忘れていた。思い出すと同時に、気分が沈んだ。

沙希はどんなテーブルで育ったのだろう。祖父母に引き取られる前も、引き取られた後も。不思議と、ひとりで黙々と箸《はし》を動かしている姿しか想像できない。同じテーブルに祖父母の姿があったはずなのに。

今日会った夏帆とは、まるで違う子供時代だったような気がする。

そして今も。薄ら寒い研究室の片隅《すみ》でパンをかじっている姿しか、思い浮かべることができなかった。

7 約束のホットサンド

沙希《さき》に会いに行こう。朝、目が覚めた相馬《そうま》はまずそれを思った。

茶房《さぼう》は休みで、工房も夕方からだ。今まで一度も、自分から沙希を訪ねたことはない。祖父母と同居している自宅の住所も知らない。電話番号も知らない。それを理由に、自ら行動することを避けていたのかもしれない。

相馬が行動しなくても、沙希が会いに来てくれたから。

家は知らないが、大学はわかっている。研究室に行けば、呼び出してもらえるだろう。

相馬は念入りに洗顔をすませ、髪を整えた。少ない手持ちの服の中から、比較的新しいシャツを選び、やや伸びすぎた髪もゴムでくくり、清潔感を意識する。

玄関に下りてゆき、スニーカーの紐《ひも》を結んでいると、ガラス戸が音を立てた。

相馬は顔を上げた。ガラス戸の向こうに見慣れたシルエットが映る。

心臓が早鐘《はやがね》を打った。こんな偶然が、時にこれほど胸を焦《こ》がす。

相馬は急いで鍵を外し、ガラス戸を開いた。沙希が驚いた様子でそこに立っていた。

お互いに、じっと相手を見つめた。

沙希は、いつもと少し装《よそお》いが違っていた。女性らしい細かな花柄のワンピースにムートンのショートジャケット、ロングブーツ、髪は下ろしたままで、普段より明るいメークもしている。

「可愛《かわい》い」

相馬は開口一番そう言った。沙希が、不意をつかれたような顔をする。

「なに、それ」

「どうしたの。おしゃれして」

「自分に会うためにおしゃれしたんだって思わないの？」

えっ、と相馬は驚いた。

「そうなの？」

「たまには、外でデートもいいなと思って。研究室に半日くらい暇をもらったから」

「ほんとに？」

長い間おあずけをくらった犬みたいな反応をしている、俺は。純平《じゅんぺい》に、それはやめろと言われそうだ。それなのに。

相馬は嬉《うれ》しくて、思わず沙希を抱き寄せる。花のような香りがした。

「……いいの？　どこかに出かけるところだったんじゃないの？」

沙希がかすれた声で囁《ささや》くように聞く。

「沙希に会いに行こうとしてた」

沙希は、軽く息を吸い込んだようだ。

「偶然ね」

「うん」

外のデートよりも、今すぐに沙希を抱き上げ、部屋に戻りたいとまで思ってしまう。しかし、

「じゃあ、行こ？」

沙希が少し体をずらし、相馬の手をとった。そのまま引っ張るようにして、ふたりで外に出る。

（沙希ちゃんが、男と恋人つなぎをして――）

確かめたかったはずだった。しかし相馬はどうしても真実を聞くことができず、沙希と手をつなぎ、歩き出した。

平日の午前中にもかかわらず、香林坊《こうりんぼう》は賑わっていた。観光地のせいもあるが、クリスマスが近いということも大きいだろう。

ふたりで路面店のいくつかをひやかした。沙希は相馬に似合う服を探すといって張り切っていたが、結局試着することもなく、ひやかしただけで店を出た。相馬はよほどぴんとこないと服を買わないたちだったし、節約も大事だった。

しかし、懐《ふところ》には、タケ子《こ》にもらったバイト代がある。滅多なことには使えないなと思ってはいたが、沙希のために使うのは、ふさわしいことのように思う。

「沙希、あれ似合いそう」

相馬はジュエリーショップのショーウィンドウをのぞきながら言ってみた。ガラスケースに展示されている華奢《きゃしゃ》なブレスレットが目にとまったのだ。沙希の白く細い腕に似合うような気がした。

しかし値段に気づいてぎょっとする。予想の三倍はしたたし、手持ちがそこまでない。そんな相馬の様子に気づかず、沙希は隣でうーん、と腕組みをして言った。

「綺麗《きれい》だけど、する機会がないなあ。しょっちゅう缶詰の身じゃ」

相馬はでも、と言った。

「おしゃれ好きだろ」

「まあね。一番好きなのは盗んだ相馬の服だけど」

「外で着られない」

「え、着てるよ？」

沙希はふふ、と笑う。

「時々白衣の上に相馬のトレーナーとか着て、自販機にココア買いに行ってる」

「そうなのか」

「あったかいしね」

勝手に持ち出されたトレーナーを勝手に着られているのに、悪い気分ではなかった。会えない日が続いても、そんな風に相馬を身近に感じてくれているのは嬉しい。

相馬と沙希はそれから、最近話題だというカフェに入った。メニューを見ると有機野菜を使ったパスタやパニーニ、ワッフルが人気らしい。

相馬はパニーニのセット、沙希はここの名物だというフレンチトーストのセットを頼んだ。どちらもワンプレートランチで、かぼちゃのマッシュにクリームチーズとレーズンを混ぜたもの、カラフル野菜のサラダがサイドディッシュでついている。

相馬のパニーニはチーズとベーコンのスライスが挟んであり、なかなかの味だ。

「美味《おい》しい？」

「けっこう美味しい。チーズの溶け具合と、パニーニの焼け具合が絶妙」

「こっちも美味しいよ。半分こしよ」

「いいよ」

相馬はくすりと笑う。

「沙希、半分こするの好きだよね」

「そうだっけ」

「初めてデートした時もさ、屋台のたい焼き、俺があんこで沙希がカスタード味にして、半分ずつにした」

「よく覚えてるねえ」

忘れない。真剣な顔で半分こしよ、というのが可愛かったし、意外だった。

「でもそうだね。シェアって、二倍おいしい思いができるから、お得な気がする」

それから他愛もない話が続く。沙希は今の研究室に新しく入ってきた男が尊大で気に入らないとか、テレビも見ない生活を続けていると、たまにこうして繁華街に出ると浦島太郎《うらしまたろう》になった気がするし、見るもの全部がキラキラして見える、などと話した。

一見普通のカップルの、普通のランチタイムだ。隣や、向こうに見えるカップルと何ひとつ変わらない。しかし相馬は気づいていた。

俺たちは、肝心《かんじん》な話題を遠ざけている。

話さなければならない。

なぜ、相馬の家に来るたびに痕跡《こんせき》を残したがったのか。なぜ花瓶《かびん》を割ったのか。なぜ傘を残していったのか。なぜ、なぜ――。

しかし、今はこの時間を台無しにしたくはない。せめて今日一日平和に過ごして、どこかもっと落ち着いた場所で、相馬の部屋でもいいから、じっくりと話し合うべきだ。

だから相馬も、楡崎《にれざき》に課題を出されている話、茶房で最近作った料理の話などをした。

それから、タケ子に風変わりな依頼をされたことも。

すると沙希が、とたんに表情を曇《くも》らせた。

「どういうこと?」

「え?」

「見ず知らずの女の人のところに、ご飯を作りに行ってるってこと?」

相馬は困惑した。

「いや、女の人――ではあるけど、六十歳ぐらいの年配の」

「でも、年配の女性限定でもないんでしょう?」

「まあ、そうだね」

確かに二度目に訪れた家の夏帆《かほ》は、老婆でもないし、独身だった。事実、家政婦の佐伯《さえき》美津《みつ》は、相馬を見合い相手として考えていたし、そのあたりのことに、タケ子はまったく無責任だった。

小梅《こうめ》も言っていたではないか。タケ子には若い女の子の知り合いも多いのだと。

それを、沙希に言える雰囲気ではない。

「なんか嫌」

「何もないよ。ただ、料理を作るだけで」

「それでも嫌。あたしは嫉妬《しっと》深いの。独占欲も強いの。食べ物は誰かとシェアできても、恋人をシェアなんて絶対嫌」

相馬は言葉を失い、じっと沙希を見た。

「大げさだな。シェアなんて」

「深い関係を持つことばかりがシェアなんじゃないよ。相馬のご飯を食べる女があたしのほかにもいることが嫌なの」

「茶房でも作ってるけど」

「そういうことじゃない。わかるでしょ」

わかる。沙希が言うことも、その意味も。

「もう行かないで」

沙希は瞬《またた》きもせず相馬を見つめ言った。相馬はなぜか、身じろぎができず、答えることができない。

もちろんもうやめるべきだ。タケ子の思惑がどういうものであろうと、相馬が協力する必要などない。料理ができる人間なら、むしろ小梅のほうが、問題のあるテーブルに真摯《しんし》に向き合う——。

そこで相馬ははっとした。

問題のあるテーブル。

高価で大きいテーブルで、孤食や、人生の岐路に思いを馳《は》せながら、目の前の食事に気を配らず、毎日を生きている人々。

まだたったのふたりだ。でも相馬は、彼女たちが相馬の作る料理で、笑うのを見た。貴《き》代子《よこ》が一歩を踏み出すのを見た。美津と夏帆の心温まるテーブルを見た。美味しかった、ありがとうと感謝された。相馬のほうこそが、自分の中の空洞を再発見して、そこがじんわりと満たされていくのを実感したのに。

「ごめん」

相馬は、はっきりと言った。

「沙希の気持ちもわかるけど、タケ子ばあちゃんに頼まれていることは、もしかしたら俺のためにもなることだ」

沙希はじっと相馬を見つめたまま、黙っている。

「楡崎さんに出された課題の話。もう少しで、何かがつかめそうな気がするんだよ。いろんなテーブルを見ることで」

沙希はずっと相馬を見ている。切れ長の瞳に、うっすらと光るものがある。相馬は息をとめるようにしてその瞳を見ていた。

すると沙希が、ふっと力を抜いたように笑った。

「初めてだね。相馬が、あたしのわがままに嫌だって言うの」

相馬も力を抜いた。

「わがままとは思ってないよ」

むしろ当然の反応だ。これが逆なら相馬も気にするだろう。たとえば沙希が、仕事のためとはいえ、見知らぬ男の部屋を訪れるようなことをしていたら。

「あたしはねえ、独占欲も強いし、気分にむらもあるし。本当、母親にそっくり」

沙希の母親。父親と沙希に家庭内暴力をふるい、常に何かに餓《う》え、自分以外の誰かを攻撃することで精神のバランスを保っていた。

「沙希は違う」

「そうかなあ。自信ないよ」

沙希は苦笑し、またナイフを動かし、すっかり冷めたフレンチトーストを口に運んだ。

「でもわかった。相馬にとって意味があることなら、あたしも応援する」

「本当に?」

「その代わり、あれは作るのやめて」

「えーと」

「親子丼」

相馬は笑った。安心していた。何か重要なサインがあったはずだ。でも見逃してしまっていた。沙希の物わかりのいい発言に安心し、考えなければならないことを手放した。

店を出る時には、自分がもっとしっかりすれば、沙希の不安を解消できるはずだ、など と傲慢《ごうまん》なことを考えていた。

歩道を、再び手をつないで歩いた、あの時に時間を巻き戻したい。

そう何度も思ったし、後悔もした。でも、時間を巻き戻したところで、ではいったいどうすればよかったのか、どうすれば、沙希の心をすっかり安心させることができたのか、相馬は長い間わからず、苦しむはめになった。

「沙希、このあとうちに来る?」

相馬は聞いた。

「親子丼作る」

とも言った。沙希は笑った。

「今お腹《なか》いっぱいになったばかりなのに」

「食えるはず」

「まーね。でも、今日はまた研究室に戻らなきゃ。本当は抜けちゃまずかったんだけど、教授を脅して抜けてきたんだ」

「そうだったんだ」

「うん」

あ、と沙希が声をあげて、店を指差す。

「相馬、いいものが売ってる」

沙希が相馬の手をとって駆け寄ったのは金物屋だった。店先に置いてあったのはホットサンドメーカーだ。

「へえ。けっこういろいろ作れるんだな」

ホットサンドのほか、パニーニ、ワッフル、なんとたい焼きまで作れる。

「さっきお店で食べたものも美味しかったけど、これがあれば家でも同じようなものが作れるね」

「そうだけど、そんなに使うかなあ」

相馬は苦笑した。しかし沙希は真剣な顔でホットサンドメーカーを見ていたかと思うと、

「決めた」

と言った。

「あたし、これを買って相馬へのクリスマスプレゼントにする」

相馬は面食らった。

「ええ？　今日は俺が沙希になんか買おうと思ってたのに」

「じゃあこれ、ふたりのにしよ」

沙希は無邪気に笑う。

「ふたりで半分ずつ出し合って買うの。それで、相馬はこれで、あたしが泊まった日には朝ごはんにホットサンドを焼くの。ワッフルとかたい焼きもちゃんと焼いてね」

なんだそれ。

朝ごはんなんか食べずに、いつも早朝に、相馬が目覚める前に布団《ふとん》を抜け出して帰ってゆくくせに。

それなのに、相馬はバカみたいに幸せな気持ちになったのだ。ホットサンドには何を入れようか。ハムとチーズ、ツナとキャベツ。ワッフルの時は生クリームもあわ立てて、ベリー類やバナナを買って。チョコレートソースなんかも添えたら、沙希は喜ぶかもしれない。

バカみたいに。そんな想像をして、相馬は幸せだった。

「何色がいいかなあ。赤、可愛くない？」

「赤いいね」

色はほかに白、黒、グレーとあったが、沙希は赤を選んで、ふたりでレジまで持っていった。沙希がラッピングを頼み、相馬が全額を払おうとするのをムキになって断った。

それから店を出ると、また雪が降りだしていた。

「相馬」

振り返る。沙希がはい、と紙袋を相馬に渡す。

「メリークリスマス。少し早いけど」

「早いよ」

相馬は紙袋を受け取り、笑う。

「沙希さ、クリスマスイブの夜、ちょっとでいいから来られない？」

相馬は聞いた。

「茶房でクリスマスディナーやるんだ。常連さんの予約入ってるけど、沙希の席用意してもらうし、俺も料理するから」

沙希はなぜか眩《まぶ》しそうに相馬を見つめた。

「クリスマスディナーか。いいね」

「うん。忙しいのわかってるけど、ちょっとでいいから。もし泊まれるなら、ほら、これも使うし」

相馬は紙袋を掲げた。

「行けると思う……行く」

沙希は言った。相馬はぱっと顔を輝かせた。

「本当？」

「うん。嬉しいの？」

「そりゃ……」

先日のこともあったし、小梅や純平に会うのは嫌かもしれない、と相馬は心配していた。だからデート中もなかなか切り出せなかったのだ。

沙希が笑い、相馬に抱きついてきた。

「沙希?」

「もう行くから。最後にぎゅってして」

相馬は紙袋を持ったまま、沙希を抱きしめた。長い髪に雪がくっついて、間近に、結晶が確認できる。

沙希が顔を上げた。まつげにも雪がついている。沙希が瞬きすると、その雪がなめらかな頰《ほお》に落ちた。それを、とても綺麗だな、と思い、相馬はなんとなく魅入られたように沙希の顔を見つめた。

好きだな、と思う。

沙希の性格や行動が、時々、悲しいまでにどうしようもないことはわかっている。でもそんな彼女を笑顔にしたいし、ずっと、ずっと一緒にいたいと、相馬は強く思うのだ。

この気持ちまでもが、平常運転なのだと言われたら、もうどうしようもない。

とにかく、好きだ――。

沙希が離れた。とたんに懐《ふところ》のあたりが寒くなる。

「じゃ、もう行くね」

「わかった」

沙希は笑顔で小さく手を振って、信号を渡っていった。途中で振り返るかと思ったが、振り返らない。相馬は結局、その場で、彼女の姿が雑踏に紛れて見えなくなるまで見送っていた。

8 聖夜の客たち

クリスマスイブとはいえ「こうめ」の仕込みは通常通りだ。相馬《そうま》は午前中から、小梅《こうめ》と買い出しに出かけ、昼には純平《じゅんぺい》もやってきて、ランチとカフェメニューの仕込みを終わらせた。同時に夜の分の仕込みを終えてから、相馬はいったん、工房へ出かけた。

年明けに店頭に並ぶテーブルに蜜蝋《みつろう》を擦《す》り込んで磨き上げる作業をし、もうすでに日課となっている、材木を置いてある場所に行った。

相馬は考える。数々の、目にしたテーブル。椅子《いす》。そこで繰り広げられる家族のドラマ。並べられる皿。行き交う会話。涙。笑い。言葉。

スケッチブックを手に取る。自然に鉛筆が滑りだす。何枚にも渡り、細かなディテールを描いてゆく。

そのまま二時間。相馬ははっとして、腕時計を見た。六時を過ぎている。急いで茶房《さぼう》に戻り、小梅たちを手伝わなければならない。それに沙希《さき》も来るだろう。

相馬は木材に未練を残しながら、工房をあとにした。気持ちがはやり、バスに乗るのももどかしく、本当は走りだしたい気持ちだった。

地鶏《どり》のモモ肉はオレンジとリンゴをすりおろした下味につけて、甘辛く仕上げてある。紙のリボンを巻いたのは純平だ。

ディナーはコース一種類のみで、定番のモモ肉にジャガイモや温野菜の付け合わせのプレートのほか、ほうれん草のポタージュ、二色のカブとチーズのクリスマスサラダ、真鯛《まだい》のマリネ、自家製丸パンが三種類、デザートに純平特製のホワイトチョコレートケーキと、なかなか豪華な内容になっている。

そして、

「はい」

と純平に渡されたのは赤い三角帽だった。相馬と小梅は難色を示すも、純平がやたらと嬉《うれ》しそうなので仕方なくかぶるはめになった。

最初に現れた予約客はタケ子で、貴代子《きよこ》と一緒だった。ほかの常連客も次々に到着し、席はすぐにいっぱいになる。ただ、カウンターの端に相馬が設けた沙希の席は、空いたままだ。

それでも順次到着する客のために、厨房《ちゅうぼう》は大忙しになる。小梅がおもに調理をし、相馬と純平はフロアと厨房を行き来した。シャンパンの栓を開け、料理を運び、お客と会話する。店に流れるのはうるさくない程度のクリスマスソングのジャズで、食器の擦《こす》れ合う音や、客たちの談笑が和《なご》やかに混ざり合っていた。

七時ちょうどに、ちょっとしたことが起きた。

店の引き戸が静かに開けられ、外の冷気とともに、男がひとりで入ってきた。恰幅《かっぷく》のいい男で、黒っぽいコートを着て、無言のまま店内を見渡した。

どう見ても予約客ではない。それでも相馬は客かと思い、応対しようとしたところに、厨房から現れた純平がひゅっと息を吸い込むようにした。

「父さん」

と純平は呟《つぶや》いた。相馬もはっとした。そうだ。あれは純平の父、駒野宗平《こまのそうへい》。駒野屋の料理長だ。相馬も遠目に見かけたことがある。

「来てくれたんだ」

純平は緊張した面持ちでそう言った。確かに、カウンター席にはほかにも空いた席がある。小梅も相馬も、純平が今の恋人を呼んだのだろうと思っていたが、父親だったのだ。

純平はこの父と折り合いが悪く、家を出ている。専門学校卒業後は「こうめ」のほか、アルバイトを掛け持ちして生活を維持している。相馬となんら変わりはない。純平は急いで宗平を席に案内した。相馬もコートと帽子を預かる。宗平は一度だけタケ子のほうを見て会釈した。

大きな体が、カウンター席で縮こまった様子に見える。話に聞いた尊大な感じではなく、ただ、所在がなさそうだ。

純平は父親のグラスにシャンパンを注いだ。しかし、宗平はそれに口をつけることはなかった。それでも次に運ばれたスープには口をつける。相馬も安堵《あんど》し、それから、店のドアを見つめた。

沙希がやってくる気配はない。

「相馬や、ちょっと来んさい」

タケ子に呼ばれ、席まで行く。

「パンのおかわりですか」

「いや、このワインをボトルで」

客は皆、料理に合わせてグラスワインがついている。それをボトルで出せとタケ子は言う。

「心配せんでも、今日はばあちゃん、ちゃんと代金ば払うさかい」

ぽんぽん、とタケ子は例の継《つ》ぎ接《は》ぎだらけのポシェットを叩く。相馬は苦笑した。

「俺がご馳走《ちそう》します」

タケ子には感謝している。破格のバイト代で、勉強させてもらったのは相馬のほうだ。

「そお？」

にまっと笑ってタケ子がポシェットをおろす。しかし貴代子が間に入った。

「まああ、もちろんわたしが持ちますよ。相馬くんに負担かけるわけにはいきませんもの」

「いいんです」

相馬は言った。

「今日、クリスマスイブですから」

「気持ちは嬉しいけど、相馬くん」

貴代子は相馬に顔を近づけ、声を落とした。

「ほかのお客さんもいるんだから、そういう特別扱いはいけませんよ」

相馬ははっとした。それはそうだ。

「……すみません」

「あなたそういうところが、本当に可愛《かわい》いですけれどもね」

年配の女性にかかると、相馬はかたなしだ。

貴代子はじっと相馬を見つめる。

「お母様に電話なさった？」

相馬は首を振る。

「いえ」

なぜだろう。いろいろな思いが混ざり合って、今、相馬は母とうまく話せない気がした。楡崎《にれざき》の課題のせいもある。理想のテーブルと考えた時、幼い頃のことをどうしても思い出してしまう。

当時、母を恨んだことなどなかったはずだ。そんな余裕もなかった。それなのに、時を経《へ》て、心の中の奥底に、奇妙なしこりとなって残っていたことに気づく。

貴代子はそう、と呟き、自分のハンドバッグから、封筒を取り出した。

「実はね、長女から写真が届いたの。相馬くんに見せたくて」

相馬は失礼します、といって封筒を受け取ると、中の写真を出した。

写真は三枚。一枚目は、生まれたばかりの赤ん坊。二枚目がお宮参りというのだろうか、神社を背景に正装した若い男女と先ほどの子供。三枚目が、クリスマスツリーの前で、家族三人で笑っている。

「先週ね、思い切って手紙を出したの。今までのことを謝って、ただただ、幸せを祈っているとだけ書いたのよ。そうしたら、これが。手紙は入ってなくて、写真だけ送られてきたのよ」

戸惑うように貴代子は言う。

「やっぱりわたしが許せないんでしょうねえ。でも、まあ、仕方がないわ。謝り続けるしかないけれども、手紙や電話も迷惑だろうし。ただこうして写真を送ってくれただけでも感謝しなくちゃってね」

確かに封筒の中には手紙のようなものはメモの一枚すら入っていない。

でも……相馬は写真をもう一度じっと見つめて呟いた。

「すごく幸せそうですね」

理想の家族のように。相馬が幼い頃、夢見ることさえ罪悪感を抱いた、本物の愛に満ちた家族像のように。

「ええ、本当にね。それを知れただけでも、よしとしなくちゃね」

「返事がちゃんと来たんじゃないですか」

「え？」

「幸せを祈ってるって書いたんでしょう？　それに対する返事」

幸せにやっていると。メッセージはなくても、写真が如実《にょじつ》に物語っている。

相馬は、写真を貴代子に返した。横からタケ子がのぞきこみ、にまあ、と笑う。

「いちゃきなぁ」

貴代子は涙ぐみ、じっと写真を見下ろした。

「そうなんです。可愛いでしょ？　あの子の小さい頃にほんとそっくりで」

「また手紙書いたいいがいね」

「でも……」

タケ子は貴代子の背中をしわくちゃの手でさする。

「大丈夫や。やわやわっとやんまっしね。生きてさえいりゃあいつでもやり直せる」

貴代子ははい、はい、と何度も頷《うなず》いて鼻をすすった。相馬は追加オーダーのワインを取りに厨房に戻る。小梅は忙しくメインのチキンをオーブンから取り出していた。

「なあに？　お酒追加オーダーあった？」

「うん。でもこれ、俺につけとくから」

貴代子はああ言ったが、相馬はそうしたかった。タケ子と、一歩前に進めた貴代子のために。

「あー、タケ子ばあちゃんとこか。わかったあ」

「こっち手伝おうか」

「うん。ソース塗り直したらあと五分焼くわ」

「了解」

相馬はワインを夕ケ子のテーブルに持っていき、急いで厨房に戻った。純平も厨房と客席を行き来している。相馬は小梅に言われた通り、チキンにソースを塗りながら純平に聞いた。

「親父さん大丈夫？」

「うん。ひとりで黙々と食べとる」

「招待したんだな」

「まあね。来てくれるとは思わなかったんだけれども」

純平は少し赤くなりながら言った。相馬はそれから黙々とチキンにソースを塗る。すると小梅が横に立ち、作業を手伝いながら聞いた。

「相馬くんは？　待ち人来ないね」

「来ない」

研究室が忙しすぎて抜けられないのだろうか。

「まあ、来るって言って来ないのは今に始まったことじゃない」

「でも、クリスマスイブなのに」

「働くよ。小梅と一緒に」

相馬が笑って言うと、小梅はあの微妙な表情をした。泣きそうな、苦しそうな、あの顔だ。相馬は少し慌《あわ》てた。

「あ、ごめん。俺なんかと一緒のクリスマスじゃ嫌かもしれないけど」

「違うでしょ」

小梅はさらに怒ったような顔で言う。

「小梅、今日百面相すごい」

「誰がそうさせとるん」

小梅はぎっと相馬を睨《にら》みつけて、それからソースを塗るのをやめると、コンロのほうへと移動する。

相馬は、ようやく、気づいた。

そういうことなんだろうか。

いやまさか、と思う自分と、今までの小梅の言動がすべてしっくりくる自分。

「小梅」

「ひとり分残しとくし」

小梅はさっぱりとした様子で言う。

「え？」

「沙希さんの分のチキン。ホイルに包んでおくから、ほかの料理と一緒に、夜、届けに行ってあげんか」

相馬は小梅の背中を見つめた。小さくて、華奢《きやしや》で、でも厨房にいると、誰よりも頼もしく見える彼女の姿を。

「ありがとう」

「うん。だって、やっぱり、クリスマスイブだから」

小梅は振り向いて笑う。

それからメインのチキンを出し終え、厨房ではデザートの準備に追われた。相馬と純平はデザートのケーキの盛りつけを手伝いつつ、汚れた皿やカトラリーをさげ、アルコールやドリンクの追加オーダーをとった。

はっきり言って、初の夜の部は、クリスマスディナーということを抜きにしても、忙しい。ランチはもう少し時間的余裕があるし、アルコールが入らない分、客席の対応も少ない。それでも小梅は夜の部の開店に向けて何かをつかんだ様子だ。

それが相馬も嬉しかった。しかし、

「待って、父さん！」

かける。

純平の声が響いた。相馬と小梅は顔を見合わせ、客席をのぞいた。純平の父、宗平が帽子とコートを手に、店の外に出てゆくところだ。純平がそれを追い相馬は小梅に、「ちょっと見てくる」と言って厨房を任せると、外に出た。

小雪がちらついている。少し離れた路上で、純平が父の袖《そで》をつかんでいた。

「なんでや。なんで最後までいてくれんが」

「もうわかったさかい」

宗平はうるさそうに純平の手を振り払った。

「なにがわかったっていうんだ」

「おまえが相変わらず中途半端なことをやっとるってことや。駒野屋の息子がこんなフリーターまがいのことで人生を無駄にして」

「無駄なんかじゃない！　店だって繁盛しとるし、常連だって増えとる」

「おまえの店じゃない。山野尾のとこの末娘の店や」

「でも僕だって料理作っとる。父さんが食べてくれた料理の半分は僕が作ったんやし」

宗平は顔をしかめた。

「子供の料理教室や、まるで」

「なんやって」

「味は悪うない。ほやけどプロのレベルじゃない。山野尾の娘だってそのうちわかるやろ。今は両親の金で店を回しとるだけや。店が立ち行かんくなったとしても、親が金で後始末をつける。しょせん結婚前の娘の道楽にしかすぎん」

「なんてことを言うげんて！　違う、小梅ちゃんも、僕も」

「おまえはそういうわけにはいかん。もとよりこの店はおまえのもんじゃない。バイトのように手伝って端金《はしたがね》を受け取って、それで生活していけるつもりでおるんか？　いつまで学生気分でおるんや」

「あの！」

相馬はたまらず駆け寄った。宗平が不審そうな瞳をこちらに向ける。

「なんや、あんたは」

「ここで手伝わせてもらっている者です」

「そうか。君も純平と同じか」

同じ種類の人間か、というような響きだった。相馬はまっすぐに宗平を見た。

「同じです。小梅ほどじゃなくても、真剣に、料理と向き合ってます」

「相馬」

純平の目尻には涙がにじんでいる。相馬は息を吸い込んで、思い切って言った。

「お願いします。デザート食べていってくれませんか」

「いや。ここで出される料理のレベルはもうわかったさかい」

「でもこの後出すケーキは、純平の自信作です。カフェのほうでも評判がいいんです」

宗平は相馬と、それから息子を交互に見た。

「残念やけど」

そう言って、帽子を被りなおす。

「自分の店があるさかい、こんで失礼するわ」

「でも」

「相馬、もういいし」

純平が止めた。

「この人は、結局、自分の価値観以外のものを認めようとしない。昔からずっとそうやったし、これからもそうってことや」

純平は強い瞳で父親を見た。

「もう連絡せんし。貴重な時間取らせて悪かったな」

それから先に踵《きびす》を返す。相馬は宗平を見た。何かを言いたいのに、何も言葉が出てこない。息子にひどい言葉を投げつけたのに、宗平も苦しそうだった。

もちろん、何かしら思うところがあるから、息子との接点を諦《あきら》めたくはないから、今日ここに来たんだろう。そうでなければ、無視をすることもできたはずだ。

「君はいくつや」

宗平が肩に降り積もる雪を払いのけながら聞いた。

「二十四です」

「純平と同い年か」

「……一度だけお宅に伺《うかが》ったこともあります」

その時会ったのは品のいい純平の母親だけだったが。

「定職についとらんということやな、君も」

楡崎のところで働いているのは、見習いという立場だ。給料も出てはいるが、まだ一人前とは認められていない。だから相馬は、はい、と答えた。

宗平は呆れた顔をした。

「いい時代やな。わしん時は中卒で職を選ぶ者も少なくはなかった。わしも高校は通信教育にして、昼も夜も店で働いた。純平は、母親が甘いさけ、遊びのような学生生活を許し、卒業後もふらふらしとる。自分探しのようなことばかりして、定職にもつかんと」

相馬は反論しなかった。宗平の話も一理あるような気もした。時代も違うが、純平には確かに、恵まれた環境の中で育った者特有の甘さがある。しかし、甘いのは相馬も同じだ。先がわからないのに電車に飛び乗った。それは、若いからこその特権でもあるような気がした。

「君がフラフラしとることについて、お父さんはなんて言っとるんや」

「何も言いません」

相馬は事実を伝えた。

「言えないです。二歳の時から一度も会ってないんで」

宗平は眉をひそめる。だから、と相馬は続けた。

「純平が羨《うらや》ましいですよ。なんだかんだ言って一年でもっとも忙しい時期に、こうして来てもらえるんですから」

宗平は、虚をつかれた顔をした。

「それじゃ」

相馬はぺこりと頭を下げると、店に戻った。純平は何事もなかったかのようにデザートを運び始めている。美しく盛られたプレートを見て歓声があがった。相馬も厨房に行き、残りのプレートの飾りつけを手伝った。

バスに乗り、紙袋を膝《ひざ》に乗せると、じんわりとした熱が伝わってくる。小梅が用意してくれた沙希の分のチキンだ。ほかにもサラダ、パンやデザート類も包んで、紙袋に入れてくれた。

「クリスマスっていいよね」

小梅は笑って言った。

「大人だってわがまま言って許される日だよ。来てくれなくて寂しかったって」

いやいや、と相馬が苦笑すると純平も真剣な顔で言った。

「ほんと僕もそう思うよ。僕もさ、さっき親父に思ってること全部言ってすっきりしたし。言うべきことを言ったら、あとは前に進むだけだ」

いつもは軽い純平の言葉も、奇妙に納得できる。相馬はふたりに礼を言って、最終バスに乗った。

帰りのことなど念頭になかった。

ただ、沙希に料理を届けたかった。それから。

コートのポケットに手を入れる。小さな箱が入っている。

先日のデートの後に、相馬はもう一度、あのジュエリーショップに行った。沙希はいらないと言ったが、どうしても、プレゼントをしたかった。ふたりでホットサンドメーカーを買ったが、いくらなんでもそれだけでは、相馬の気持ちがすまなかった。

押しつけがましいと思われないように、どうやってさりげなく渡そうか。沙希のことだから、本当にいらなかったのに、と言うだろうか。それとも少しは嬉しそうな顔をしてくれるんだろうか。

そんな心配ばかりしていた。

バスを降りて、雪道を歩いて、大学の正門から敷地内に入った。

研究棟がある場所はすぐにわかった。さすがに棟の中には部外者は入れないだろうから、受付で呼び出してもらうほかはない。

しかし研究棟にいくつか明かりはついていたものの、正面玄関は鍵がかかっており、事務室が見えたが真っ暗だった。

さてどうしたものか。裏に回って明かりがついている窓を叩いて事情を説明しようか。

相馬が思案していると、人の声が聞こえた。

相馬はそちらを見た。裏手のほうから、誰かが歩いてくる。街灯の明かりが眩《まぶ》しくて、顔はわからなかった。

しかし、すぐに気づいた。

はしゃいだ様子で笑う声に聞き覚えがあったからだ。

男女ふたり。どちらも白衣を着ている。街灯の下でふたりが立ち止まった。

相馬は息を止めた。

女のほうが、男の首に両腕を回した。細い腕と指先。男も笑って、彼女を抱きしめ、キスをした。

相馬はその様子を、何か映像のように見ていた。とても、現実のものとは思えなかった。しかし、頰《ほお》が感じる外気の冷たさや、彼女の笑い声が、これが現実なのだと告げていた。

相馬はそこに突っ立ったまま、一歩も動けずにいた。

すると、彼女のほうも、こちらに気づいた。

「……相馬？」

沙希は青ざめた顔で相馬を見た。男の肩から、沙希の手が滑り落ちる。相馬は黙って見ていた。沙希が男から離れ、ゆっくりとこちらに近づいてくる様子を。

沙希は、相馬の二メートルほど手前で立ち止まった。青ざめているのは寒さのせいばかりではないだろう。

もちろん相馬も。

「どうしてここに」

沙希は一風変わった女だから、こういう場合、もっと違うセリフを言ってもよさそうなものなのに。

どうしてここに？

あまりにも、セリフが陳腐《ちんぷ》すぎて、笑いだしたくなった。しかし我慢をしたつもりもないのに、相馬は、笑うことなどできなかった。

「クリスマスイブだから」

相馬は呟き、沙希に紙袋を渡した。

「店に来なかったから、届けに来たんだよ」

沙希は相馬から目を逸《そ》らさない。

「ごめんね」

小さな声で呟いた。

「約束忘れたわけじゃないよ。ただ……」

「忙しかったんだろ」

相馬は沙希の肩越しに、男を見た。よく見れば、年配の男だ。白髪まじりで、年齢はかなり年上の。

（沙希ちゃんが香林坊《こうりんぼう》の交差点のところで年配の男と手をつないで歩いているのを見た）

そうか。あれが、純平が言ってた男か。

相馬はポケットに手を入れた。ブレスレットの箱を固く握りしめる。それを出して、沙希に渡す勇気など、微塵《みじん》も残ってはいなかった。

相馬は、

「それじゃ」

と小さく言って、踵を返した。

「待って」

沙希が追いかけてくる。相馬の腕をつかんだ。ついさっき、見知らぬ男の首をかきいだくようにしていた、その同じ手で。

「言ったじゃない！」

彼女は叫んだ。

「ちゃんと言ったよ。あたしは壊れてるって。同じように、あなたを壊したくもなるんだって！」

それがどういう意味なのか、相馬は本当には理解していなかった。

「黙って行っちゃわないでよ！　怒ってよ！　ぶってもいいんだよ！　悪いことをしたんだから。あたし、何度も、何度も、相馬を裏切って……」

「やめろ！」

相馬は叫んだ。振り返り、沙希の顔を見た。涙でぐしゃぐしゃの彼女の顔を。
「満足か？」
振り絞るような声で言った。
沙希は、はっとした顔をして、言葉を失った様子で相馬を見ている。
相馬の瞳を見ている。
泣いてなどいない。涙は出ない。それでも、まばたきも忘れ、ただ、沙希を見た。
沙希のほうは、相馬の瞳に何を見たのか。
ただ、わかっただろう。
彼女が望むように。
相馬の中で、何かが壊れたことを。
沙希は、相馬から手を放した。

9 明け方のラーメン

俺はいい歳《とし》をして、こんな時に母親に会いに行くのか。

東京行きの電車に乗った相馬《そうま》は我ながら馬鹿《ばか》みたいだな、と自己嫌悪に陥《おちい》った。

女に振られただけだ。

別れ話だってまだちゃんとしていない。

クリスマスイブのあの最低な夜から年末まで、どうやって過ごしたのか相馬はあまり覚えていない。

ただ、茶房《さぼう》の仕込みはいつも通り手伝って、工房にも出かけた。タケ子《こ》の新しい依頼はひとつ断った。それも小梅《こうめ》に、「今はやめときなよ」と言われたからだ。

不思議だ。小梅にも純平《じゅんぺい》にも、何も話していない。相馬はいつも通りだったはずだ。

それなのに、ふたりは、まるで腫《は》れ物に触るかのようだった。

相馬が年始にかけて実家に帰る、と言った時、ふたりは賛成した。小梅は金沢《かなざわ》の名物の菓子折りを持たせてくれたし、純平は駅までわざわざ見送りに来てくれた。

電車に乗り込む直前に純平が言った。

「相馬、帰ってくるよね？」

あ、とそこで慌《あわ》てて訂正する。

「違った。帰るのはあっちのほうか。じゃあ、ここに戻ってくるよね？」

「戻ってくるよ」

もちろんそのつもりだ。本当は、母親に会いに行くつもりなどなかった。ここにはすでに相馬の生活がある。楡崎《にれざき》の課題にも着手できていない。

「実はさ、親父が、『こうめ』にまた来たんや」

相馬は驚いた。

「いつ？」

「昨日の、カフェの時間に。僕の作った抹茶《まっちゃ》のチーズケーキをひとつ注文した」

「それで？」

「それだけや。僕も特に口もきかなかったし。普通に全部食べて、普通に会計して出て行ったよ。夕方の仕込みの時間に間に合うように、帰りはけっこう急いでる感じやったけど」

「そうか」

相馬はなんだか嬉《うれ》しかった。

「よかったな」

心の底から言った。うん、と純平は頷《うなず》く。

「それで僕、わかったんや。僕は別に、親父に認められたかったわけじゃないんやって。ただ、僕の中に、親父に対するわだかまりとかいろいろあって――親父にどうこうしてもらいたいっていうより、自分自身が、あの人から卒業したかっただけなんやって」

純平はひどく真面目な顔でそんなことを言った。

「ずっと親父との関係が嫌やったし、自分を卑下《ひげ》したり、自信がないのも、親父に認められないせいやと思ってた。でも、昨日、親父が来てくれて……何も話さなかったけど、わかったんや。あの人があの人なりに僕を大事に思ってくれたってこと。ベストな形じゃなかったかもしれないけど、その気持ちだけは本当だったたってこと」

「そうだと思うよ」

相馬の実の父親に比べたら、駒野宗平《こまのそうへい》は何倍もマシだ。相馬は、干渉は受けなかったが、愛情ももらわなかった。

「おまえは言われると嫌かもしれないけど、俺はおまえが羨《うらや》ましい」

純平はじっと相馬を見つめた。

「あのさ。僕たちもう、学生じゃないから。これからは、自分の身に起きることを、誰かのせいにはできないよね」

そうだ。相馬が今、何かひとつしっくりいかないのも。仕事でも恋愛でも。誰のせいでもない。

「思い出すといいな」

純平は言った。

「なにを?」

「相馬は素晴らしいからね。優しいし、料理は上手だし、作る家具もいい」

相馬は居心地が悪くなった。

「おまえ、やっぱり気持ち悪いぞ、純平」

「相馬を愛してるんや、僕は。僕だけじゃない。小梅ちゃんも、タケ子ばあちゃんも、楡崎のオジサンも、ここで相馬と知り合った人はみんな相馬を愛してる。でもそんな相馬を作ったものは、きっと東京にある」

そんなことを言って、純平は相馬をぎゅっと抱きしめた。同性にここまで強く抱きしめられた経験がなかった相馬だったが、なぜか、純平の抱擁《ほうよう》を心地よく感じた。

純平は耳元で囁《ささや》いた。

「それを思い出すといいな。僕が、ずっと忘れていた親父の違う面を思い出したみたいにさ」

「純平――――」

景色が後方に流れてゆく。五年前、衝動に駆られるまま金沢行きの電車に飛び乗ってから。

相馬は一度も、東京に帰っていなかった。


商店街を歩きながら、相馬は妙な気持ちだった。五年の間になくなった店や、シャッターが下りたままの店もある。代わりに見慣れない雑貨屋やメガネのチェーン店などが開業していた。それでも幼い頃から馴染《なじ》んでいたコロッケを売る肉屋や小規模なスーパーは健在で、それほど道幅もないのに車が平気で入ってくる様子も、年寄りがしっかりとした脚《あし》さばきで自転車をこぐ様子も相変わらずだ。

その商店街の中ほどで横道に入り、しばらく行くと、相馬が母と暮らした古びたアパートがあった。

こんなに古かったのか。相馬は改めてアパートを見上げて思った。築三十年は軽く超えていそうだ。ドアは薄く、洗濯機がドアの横に置いてある。階段は錆《さ》びて、郵便受けも錆びついている。階段の下が自転車置き場になっており、どう見ても使われていない自転車が何台も放置されている。

　ここで相馬は十九歳までを過ごした。２ＤＫで一応は風呂つき。そのため単身者だけではなく、相馬の家のようにひとり親世帯も多かった。

　母は隣駅のスナックで働いている。夕方のこの時間はまだ出勤していないはずだ。相馬は錆びた階段を上がり、実家のドアをノックした。インターホンは一応ついているが、壊れて鳴らない家がほとんどだ。

　応答がないので、カバンの底から鍵を引っ張り出す。するとドアが向こう側から開いた。

　相馬は目を瞬《またた》いた。

　出てきたのが母親ではなく、金髪の若い女だったからだ。冬だというのにキャミソールとショートパンツ姿で、目のやり場に困る。一瞬母親が若返ったのかと思ったがそんなはずはない。

「どちらさん？」

　女はぞんざいな口調で聞いた。相馬は、

「この家の息子ですけど」

と答える。は？　と女が目を丸くした。相馬は慌てて、表札を確かめる。高橋《たかはし》。

「ここに住んでいた倉木《くらき》は？」

「えー？　あたしが入ったのは三カ月くらい前だけど」

そんなバカな。

相馬は焦った。当たり前のように、いつでも、母親がここに住んでいると信じていた。

「ちょっとお隣に聞いてみようか」

女は親切にもサンダルをつっかけて出てくる。その足元には三歳くらいの少年がしがみつくようにして、一緒に出てきた。

女は隣の家のドアをがんがんと叩いた。何もそんなに強く叩かなくても、と思ったが、隣に住んでいたのが老婆で耳がすっかり遠くなっていたことを思い出した。

しばらくして出てきた老婆は、相馬を見るなり、「そうちゃん」と笑って手をしっかりと握ってきた。

相馬は幼い頃から老婆にもてる。

「お母さんねえ、引っ越しなさったよ」

「いつですか？」

「半年くらい前かねえ。好きな人できたから、一緒に暮らすって言ってたねえ」

確かに五年間、一度も帰らなかった。でも、電話は時々していた。最後に電話で話したのは三カ月くらい前だ。その時にはすでに越していたということか。

携帯電話だから、わからなかったのだ。

幸いにも、仕事は辞めてはいなかった。高円寺《こうえんじ》の駅前にあるスナックに行くと、母親の恵美子《えみこ》は、ちゃんとまだ働いていた。

相馬が店に入っていくと、カウンター席に座っていた恵美子は「うわ」と声を漏《も》らした。

「なにあんた。家具屋クビになったの？」

五年ぶりに会う息子に、開口一番それだ。相馬は、

「違う」

と短く答えて、恵美子の隣に腰を下ろした。

「たまには正月に里帰りってのをやってみようと思ったんだよ。まさか母親が引っ越してるとも思わずに」

恵美子はあちゃー、と額に手をあてている。

「バレちゃったか」

「逆にバレずにすむと思ったの？　なんで言わなかったんだよ。電話したよな、確か」

「だってさー」

話し方は相変わらずだ。少し老けたか。当たり前かもしれないが。五年も会わないと、昔は気づかなかったことに気づく。商売柄見た目には気を使ってはいるのだろうが、恵美子ももう四十三だ。

「理由が理由だから、さ。一応ね」

そこへ、あらあ、と黄色い声があがった。スナックのママで、相馬も幼い頃から可愛《かわい》がってもらった人だ。

「そうちゃん、久しぶりねえ。ますますいい男になっちゃって」

相馬は営業用スマイルを浮かべる。そうして思い出した。思えば物心ついた時から、こんな風に笑い、大人に可愛がられる術《すべ》を身につけてきた。可愛がられれば居場所を与えられた気がしたし、飢《う》えることもなく、寂しさを紛らわせることもできたから。

「お久しぶりです」

「ほーんと、エミちゃんがいっつも自慢するのわかるわあ。ねえ」

とほかのホステスに同意を求める。見知らぬホステスは高い声で笑って同意した。まだ開店前で、店内に客はいない。それで余計に注目を浴びてしまう。恵美子が声を落として言った。

「あんたさ、ここじゃなんだから、もうすぐお客さん来るし、ちょっと先に帰って待ってなさいよ」

「帰るって、どこに？」

自分が知らない間に、馴染みのアパートさえ退去してしまったのだ。相馬は複雑な気持ちだった。

「荻窪《おぎくぼ》のマンションにいるのよ、今。住所はこれね」

恵美子はささっとコースターに住所を書き、鍵を相馬に渡した。

「知らないオヤジがいるんじゃないの？」

「いないよ」

「なんで」

「自分の家にいるわ。今は。年末だから」

そういうことか。

相馬は急に疲労感におそわれた。そんな家に行きたくもなかったが、一方で、母親の新しい生活を見ておくべきだという気持ちもあった。

相手の男が留守なら、都合がいいというものだろう。そんな対面はまっぴらごめんだ。

「わかった」

相馬は言って、椅子《いす》から滑り降りた。

「もう帰っちゃうのお？　せっかく飲める年齢になったんだから、しばらくいればいいじゃないの。今夜は年越しパーティなのに」

とママは引き止めてくれたが、やんわりと断って店を出る。すれ違いに店に入っていった男を、恵美子が高い声で迎え入れている。

外に出て、息を吐いた。

忘れていた空気感。酔客や母親の媚《こび》を含んだ声や、狭い空間の閉塞《へいそく》感。タバコの煙に、際どい会話や、カラオケの音、けたたましい笑い声。

疲れきって老婆のような顔で帰ってくる母親、化粧を落とさないまま転がるようにして眠ってしまう母親。傷《いた》んだ畳の上に座り込み、そんな母親を見つめている幼い日の自分。

ずっと忘れていた。

しかし、匂いや声が、一瞬で、相馬を過去へと引き戻す。

そうだ。

夜の明かりを見て街を歩きながら、相馬は思い出していた。俺は、こういう一切のものと母親を一緒にして、過去に閉じ込めていたんだ。

荻窪のマンションはオートロックで、想像していたよりずっと広く、新しい。駅前でこの広さと設備なら、家賃は相当に高いだろう。恵美子の給料で払える額ではないことは一目瞭然だ。

　相馬は恵美子に言われた通り先に部屋に入ったものの、すぐに後悔した。

　ここはまったく知らない人の部屋だ。

　自分が入っていい場所ではなかった。

　恵美子の顔は見た。少しは話もした。もう、ここにいるべきではない。

　相馬は玄関に向かった。しかし、靴を履《は》く前に目に入ったものがあった。

　それをどのくらいの間凝視していたのだろう。ふと足音が響いてきて、ドアが向こう側から開いた。

　恵美子だ。隣には、見知らぬ男も一緒だ。

「いやだ。中でビールでも飲んでればいいのに」

　と恵美子は言った。隣に立つ男が微笑《ほほえ》んだ。

「相馬くんだね。野村《のむら》といいます」

　突然すぎて、相馬は無表情のまま、ただ、小さく頷いただけだった。まるで十代の少年のように。

「ママが、せっかく息子が帰ってきたんだから今日くらいは休みなって。それで、ちょうどいい機会だから野村さんにも連絡したの。あたしの自慢の一人息子に会わせなきゃーって」

恵美子はやけにはしゃいでいる。相馬は小綺麗《こぎれい》なダイニングの椅子に居心地悪く座り続けるはめになった。

野村という男が言った。

「話はよく聞いていたよ。すごく優秀で、今は家具づくりの見習いをしているって」

恵美子はキッチンにいる。相馬は頭痛がした。エプロンをしている母親など、一度も見たことがない。それが、長い栗色の巻き毛をひとつに結んで、清楚《せいそ》な花柄のエプロンを身につけ、キッチンで何かを作っているらしいのだ。

「お腹空《なかす》いたでしょ」

などと言って。

恵美子はキッチンに立つような母親ではなかったはずだ。

それが、今、料理をしている。リビングに、相馬と見知らぬ中年の男を残して。鼻歌なんかをうたいながら、冷蔵庫から食材を出し、何かを刻み始めている。

「母とは」

仕方がないので相馬は会話をする努力をする。本当は知りたくもないが聞いてみた。

「どこで出会われたんですか」

十代じゃない。まして、小学生でもない。そしてここは、あの、苦しさと寂しさがたくさん詰まったアパートの一室でもない。

相馬は成人したし、将来の夢もある。料理も作れる。人の役に立つこともできるのだと、少しは自信もついている。

おおかた、店の客だったのだろうと想像していた。しかし、野村の答えは意外なものだった。

「料理教室ですよ」

相馬は数秒、沈黙した。

「料理教室？」

あの母親が？

「ふっふー、驚いたでしょう」

キッチンから恵美子が上機嫌で出てくる。つまみとして作ったのであろう、クラッカーにチーズを載せたものをテーブルに出す。それも傷ひとつない木製テーブルに。

「あんたが金沢行ってから、お母さん食生活貧しくなっちゃってねえ。あんたがご飯作ってくれてたから、そういうのに慣れちゃってたんだよね。なんだか食べるもの全部、味がしなくなっちゃって」

恵美子は自分のグラスにもビールを注ぎながら言った。

「それでママにもすすめられて、初心者のための料理教室にちょこっと申し込んだのよ。もうほんと、野菜の切り方から始めるの。かったるいわーってすぐにやめるつもりでいたんだけど、ほら、ね、この人が」

野村は照れ臭そうに笑った。

「いやあ、わたしもかれこれ七年前に妻に先立たれてから、お粗末な食生活でして。幸い娘があれこれやってくれてたのですが、それが嫁に行くことになって。お父さんが心配だっていうんで、まあ、簡単に味噌汁《みそしる》と野菜炒《いた》めくらいはできるようになっとくか、と」

なんだ。

「そうだったんですか」

相馬は静かにビールに口をつけた。

想像していたのとは違った。どうやら不倫ではなく、店で酔った勢いで同棲《どうせい》したということでもないらしい。恵美子はエプロンをつけたまま半分腰掛けるような形で、嬉しそうに野村を見ている。

目の前のテーブルに載せられているのは、高価そうな洋食器の平皿に盛られた彩《いろど》りも美しいカナッペだ。

これは、知らないテーブルだな、と相馬は感じた。

他人の顔をしている。

いい歳をして、母親が恋人を作ったことが寂しいというわけではない。いや、少しはそれもあるのだろうが。

それから相馬は、ふたりについて話を聞いた。恵美子が料理教室に通い出したのは四年ほど前。それから一年くらいして、野村と交際するようになり、ここに越してきたのは半年前。

「たくさんお願いしたんだけど、お付き合いのOKをもらうのに時間がかかったんだよ」

野村は言った。

「だってねー。もう男はこりごりって思っちゃってたし」

と恵美子は悪びれない。

「お店で適当にお金落としてくれるだけでいいやーって」

確かに。そういう商売をしながらも、恵美子は、ただの一度も、あのアパートに男を連れ込んだことはない。再婚どころか恋人も作らず、ただただ、働いていた。

相馬は軽く目を閉じる。そうだ。だからこそ、あの環境下で、相馬は高校進学どころか、大学も行けた。それなのに、相馬は、せっかく入学した大学をやめ、遠く離れた地に住居も移した。

この母から逃れるために。

「でもあんまりしつこいから、お試しでってことで付き合うことにしたんだけどね。まあ、野村さんほんといい人だから」

恵美子もまんざらでもなさそうに言う。野村は野村でひたすら恥ずかしそうに笑っている。

いい人なんだろうな。本当に。

「仕事辞めないの」

相馬は恵美子に聞いた。聞けば野村は大手の住宅メーカーの役員をしているらしい。このマンションといい、恵美子が今の仕事をする必要はなさそうだ。

すると恵美子は笑った。

「いやだ。あたしの生きがいなのに、やめるわけないでしょう」

相馬は拍子抜けした。

「生きがい？　仕方なくやってたんじゃなくて？」

「生きがいよ。こう見えてあたしを贔屓《ひいき》にしてくれるお客さん多いんだから。もっともそのほとんどは棺桶《かんおけ》に片足突っ込んでるようなおじいさんばっかだけどね」

明るく、からからと恵美子は笑う。

野村も笑っている。

「野村さんはそれでいいんですか」

「恵美子さんが幸せなら、僕はそれで」

胸を衝《つ》かれた。相馬は、思い込んでいたのか。恵美子が仕方なく、相馬を育てるためだけに、あの仕事を続けていると。しかし言われてみれば確かに、恵美子は、仕事の愚痴《ぐち》を言ったことはない。疲れて帰ってくるのは日常、それだって当たり前のことだ。誰だって生活をするためには、身を粉《こ》にして働く必要がある。

「……よかった」

相馬は息を吐き、椅子に背中を預けた。胸の中にしこっていた小さな何かが溶けていく。

罪悪感。

責任感。

「なあに。あんた、あたしを心配して帰ってきたの？」

恵美子が再びキッチンへ戻ってそこから声をあげる。

「やあねえ。だから教えたくなかったのよねえ。あんたはあたしのことなんか気にする必要はないんだから。どこでだって、しぶとく生きていけるからね。野村さんに振られたら、内縁の妻だったって言い張って慰謝料もらう予定だし」

ひどいなあ、と野村はまた笑っている。

「結婚してくれないのは恵美子さんのほうなのに」

「結婚はね、もう一度でたくさん」

恵美子はまた大きな声で笑ってそんなことを言う。

相馬は立ち、深く頭を下げた。

「野村さん。母を、よろしくお願いします」

「あ、いや、こちらこそ」

野村も慌てふためいた様子で立ち上がる。

「親子水入らずなんだから、僕は先に寝るから、積もる話でもしなさい」

「いいんです。俺、今日じゅうに帰りますから」

金沢行きの最終電車には間に合わないだろうが、どこかで泊まって、始発で帰ればいい。

しかし、恵美子はええっ、とすっとんきょうな声をあげた。

「そうちゃん！　そんなのないよ」

そうちゃん——。

鼻の奥がつんとする。

そうちゃん、お母さん帰ってきたよ。お腹空いちゃった。ラーメン作って、そうちゃん。

玄関に、写真が飾ってあった。十二歳、恵美子の思いつきで行き当たりばったりの旅行に連れていかれた、あの夏の日の写真が。

旅行先は浜松《はままつ》で、生まれて初めてうなぎを食べた。美味《おい》しい美味しいと言ってうな重を食べる相馬に、恵美子は言った。

『そうかなあ。そうちゃんのご飯のほうが、お母さんずっと美味しいけどねえ』

今、恵美子は菜箸《さいばし》を手にキッチンから飛び出してきて、必死の形相で言う。

「一晩くらい泊まっていけばいいじゃない」

「うん。でも、向こうでやらなきゃならないことがあるんだ。時間が惜しいから」

恵美子は、ただただ相馬を見つめる。やっぱり歳はとったなあ。しわが目立つ目尻に浮かぶ涙を見て、相馬はふと笑う。

「泣くなよ。連絡あんまりしなかったけど、楽しくやってたんだろ。安心したし」

「あんたがちゃんとやってるって信じてたからよ」

「うん。俺も大丈夫だから」

「わかってるよ。あんた昔から、無駄にいい子だもの。向こうでもいろんな人に可愛がられてるんだろうから」

「無駄にってなんだよ」

「必要以上に……大人にさせちゃってたってことよ」

恵美子は声を詰まらせた。その目を見て、相馬は知った。この母にも、相馬に対し、後悔と罪悪感があるのだと。

「そんなことは……」

小梅も似たようなことを言っていたが、違う。大人にさせられたわけではない。十二歳の、自分の意思で、大人を演じただけだ。

相馬は無言になり、母親を見下ろした。恵美子は、すると、やけに物々しい声音《こわね》で言った。

「あと少しいなさい。そして、ラーメンを食べていきなさい」

相馬は目をみはった。

「ラーメン？」

ぐつぐつと何かが煮える音がする。相馬はキッチンを見遣った。

「ラーメン茹《ゆ》でてんの？」

「あっしまった」

恵美子は慌てた様子でキッチンに戻ると火を止めたようだ。

「やだ。完全に茹ですぎた。もう、あんたが悪いタイミングで帰ろうとするから」

相馬もキッチンへ行った。確かに鍋の中ではラーメンの麵《めん》が茹でられている。そばには昔懐かしいインスタントラーメンの袋が置いてあった。

「……料理教室通ったんじゃなかったの」

「だからさぁ。昔、あんたが夜明けに作ってくれたじゃない。卵とかネギが入ったインスタントラーメン。お母さんもそれ作れるようになったよって、証明したくて」

恵美子はぶつぶつ言いながら付属の粉末スープを丼《どんぶり》に入れ、そこに茹ですぎた麵と湯を注ぐ。フライパンのほうには、もやしとニラが炒めてあり、ゆで卵も出来上がっていた。

「恵美子さん、それ好きだよねえ」

野村がのんびりと言う。恵美子はくしゃっと笑った。

「おふくろの味ならぬ、息子の味ってやつよ」

なんだそれ。

相馬は笑いがこみ上げてきた。なんだか、おかしくて、バカバカしくて……そして、泣き出しそうだった。

「もういいや。失敗しちゃったし、あんた帰りな。家具屋クビになったんじゃないなら、よかったわ」

「やっぱり泊まっていこうかな」

恵美子はあら、と目を瞬く。

「そんなにお母さんのラーメンが食べたいの」

「武勇伝のひとつに」

相馬は笑い、再びテーブルにつく。野村が箸を並べている。

それから三人で、ラーメンを食べた。麺はひどく伸びていたし、スープは湯が少なすぎてしょっぱかった。もやしのシャキシャキ感は失われていた。

しかしテーブルの色は温かみを帯び、ぬるくなったビールもうまかった。

恵美子は、スナックのホステス仲間が五十歳を記念し豊胸手術をしたことや、料理教室で知り合ったセレブな女子大生と友達になり、今度台湾《タイワン》に一緒に旅行に行くことになったなど、ひっきりなしに話していた。

（お母さんの生活力をなめんじゃねえよ）

確かに。

相馬の母、倉木恵美子、四十三歳――。

案外、タケ子ばあちゃんと気が合うかもしれない。

10 そこらへんのテーブル

食卓テーブルというものに、憧《あこが》れを抱きすぎていたのかもしれない。

ごく普通の家庭の、ごく普通の夕食のテーブルに憧れていた。しかしこの歳《とし》になり、わかったことは、世の中にごく普通、などというものは案外存在しないのだ。

相馬《そうま》が憧れた世界は、相馬の中に確かにあった。たとえテーブルに載ったのが、自分が母親のために作ったインスタントラーメンだったとしても。テーブルの向こうで鼻をすりながら、化粧が剝《は》げ落ちた状態で笑っていた母親の顔、帰ってきたことにホッとした子供の頃の自分の気持ちを、相馬は鮮明に覚えている。

それを大切に思っていてもいいのだ。

金沢《かなざわ》に、正月の二日に戻った。茶房《さぼう》が開くのは六日からで、それまでの間、相馬は工房にこもるつもりでいた。

小梅《こうめ》にも純平《じゅんぺい》にも連絡しなかった。

東京から帰ったその日に、荷物の中身を少し入れ替えて、工房に向かった。

工房はもちろん閉まっていたが、楡崎《にれざき》の自宅に行き、使用許可を取った。楡崎はあまり多くは言わなかった。新年の挨拶《あいさつ》などもしなかった。親族が集まっているとかで、奥から賑やかな声が聞こえていた。

ただ、相馬を見てにやりと笑い、

「なかなか面白い面構《つら》えになったなあ」

とだけ言った。

相馬は、無人の工房に足を踏み入れた。

しんと静まった広い空間に、冷気と、それから、木の匂いが充満していた。

相馬は深呼吸した。

作りたいテーブルのイメージが、なかなかつかめなかった。それでも、いつでも相馬はこの木の匂いを愛していた。

相馬は大型材を前に、一礼した。それからスケッチブックを取り出すと、鉛筆を迷うことなく滑らせ始めた。


大量のおがクズにまみれながら、黙々と作業をした。機械を使い、大まかな削り出しを行い、それからカンナやのみで、細部を削り、磨き、調整し、全体のバランスや仕上がりを確かめながら、さらに細部を削り込む。

ほとんど不眠不休で作業を続けた。

楡崎の妻の常盤《ときわ》が、時々差し入れをしてくれた。それをありがたく食べながら、ひたすら、木を削った。

相馬は沙希《さき》のことを考えた。

胸が締めつけられたが、考えてみたかった。

東京に帰っている間は、意識的に考えないようにしたのだ。でも今、目の前に、逃げずに対峙《たいじ》しなければならない木材を見ていると、沙希のことも、自然と頭に浮かんでくる。

いくら考えても、どの時点からどのようにすればよかったのか、わからなかった。

愛《いと》しいと思う気持ちと同じくらいに、暗い、相手をめちゃくちゃに傷つけてやりたいという復讐《ふくしゆう》心に似た気持ちが湧き上がり、そんな自分を恥じ、責めて、歯を食いしばった。

四日目の朝、作業場の扉が開き、差し込む朝日で相馬は目を覚ました。

相馬は木材に埋もれるようにして、ヒーターの前で、毛布にくるまって眠ってしまっていた。

ヒーターを置いたのも、毛布をかけたのも、自分ではない。

頭がぼんやりしているところに、小さな影が近づいてきた。

「……タケ子《こ》ばあちゃん？」

声をかけると、逆光で表情まではわからなかったものの、確かにタケ子が、はいよ、と返事をした。

「どうしてここに？」

「ばあちゃん、いろんな場所に出入り自由な身の上やさかい」

とタケ子は言った。相馬は起き上がり、くすりと笑う。

確かに、そうだ。タケ子はどこでも神出鬼没。

「いろんな場所で歓迎されるんだよな。ばあちゃんが現れる店は商売繁盛だって」

「ほうやねえ。ほうかもしれんねえ」

タケ子はさらにそばまで来ると、ほい、と風呂敷包みを相馬に渡した。

「なにこれ」

「差し入れやわいね。あんた、がんばったさかい」

「ばあちゃんが、俺に？」

相馬は驚き、風呂敷包みをほどいた。中身は重箱で、蓋《ふた》をとると、現れたのは、煮しめだった。

「正月はお煮しめ食べなだめや」

そういえば、世間は正月だ。相馬も去年は町家の二階で、小梅や純平と正月料理を食べた。

「ああこれ、小梅か」

「いや？　ばあちゃんがこさえたんや」

相馬は心底驚いた。

「ばあちゃん、料理すんの？」

タケ子は気分を害した様子もなく、恥じらうように、うん、と頷《うなず》いた。

「お嫁さんにしたい候補一番やさかい」

「いつの話だよ」

「ほうやねえ。もうずいぶん昔のことやねえ」

タケ子はじっと目の前のテーブルを見つめた。相馬が四日間をかけて作ったものだ。

「いいもんできたじ」

「まだ完成じゃないけど」

最後のやすりがけと磨きがまだ残っている。しかし、我ながら、作り上げたという気持ちは大きかった。

相馬が作ったのは普通の、なんのへんてつもないような、食卓テーブルと、椅子が二脚だった。まだあと二脚は作る予定だ。

「ばあちゃん、ちょっと座ってみて」

相馬はタケ子を、椅子に座らせた。それから自分も向かいに腰掛けると、テーブルの上に、タケ子の差し入れである重箱を置く。

「一緒に食べてよ」

タケ子はにかっと笑い、手荷物から箸《はし》と紙皿も取り出した。

「そのつもりやさかい。正月のごはんは、ひとりじゃだめや」

それからふたりで、煮しめを食べた。ヤツガシラにこんにゃく、昆布《こんぶ》締め、練り物、たけのこ、にんじんなど、具材はオーソドックスなものの、味つけが上品で、空《す》きっ腹にじんわりと染み入った。

「さすが嫁候補ナンバーワン」

「ほうや」

それから水筒に入ったほうじ茶も飲んだ。

「このテーブルは」

タケ子は言った。

「昔のいいことを思い出すわ」

「いいことって？」

「ずいぶん昔や。相馬が生まれる前のことやし。戦争が終わる前の前の年、ばあちゃん、お茶屋に奉公に出たんや。家が富山の農家で、貧しくてねえ。お父ちゃんと、五つ上に兄がおったが、ふたりとも戦争に行ったきり、とうとう帰らんかった。ほかに、弟と妹が四人もおったんや。地主に小作料が払えんくて、知り合いの口利きで奉公が決まった。十四の春やった」

　日本の小作制度が廃止されたのは、戦後、連合軍により農地改革が行われてからだ。それまでは、貧しい農家の娘が小作料と引き換えに花街に売られていくことは珍しいことではなかった。また花街も、戦後に公娼《こうしょう》制度の廃止や売春防止法が制定されるまでは、いわゆる遊郭《ゆうかく》として存続していた。

　タケ子が時代の端境期《はざかいき》を、強くしなやかに生きてきたのは想像できた。しかし、詳細を聞くのは初めてだ。相馬は、じっと息をひそめるようにしてタケ子の話に聞き入った。

「奉公に出る前の晩に、お母ちゃんが、飯を作ってくれたんや。貧しかったさかい、白いまんまなんて滅多に食べられへんかった。でも、近所の人に頭下げたんやろなぁ。なんとか都合つけて、ごはんと、大根の味噌汁《みそしる》と、漬物と、それから卵を焼いてくれたんや。そんで、爺《じい》ちゃんも入れて一家七人で卓を囲んだ。こんな立派なものじゃなかったが、そんな時のことを思い出す」

相馬はタケ子を見つめて、聞いた。

「なぜ思い出す?」

「あったかいからねえ。いろんなことあっても、ここにこうして座ると、あったかいやろ。胸のここんとこ、じーんてなるがいね。あの晩のこと、ばあちゃんはよう覚えとる。白いまんまは兄弟分あったけど、卵焼いたんは、ばあちゃんにだけやった。弟や妹たちがそれは羨《うらや》ましかっただろうに、そんなそぶりも見せんかった。ばあちゃん、喉《のど》悪うなってな、弟と妹に、卵分けたんや。みんなで、一口ずつ食べたんや。そんで、自分の碗《わん》を見たらよ、まだ白いまんまが残っとった。じいちゃんが、自分の分をこっそりくれたんや。そんで見たら、お母ちゃんも、泣いとったわ。泣きながら自分は薄い味噌汁だけすすって。ばあちゃんはねえ、苦しかったけど、嬉《うれ》しかったんや」

その時の卓を思い出すが、とタケ子は言った。しわくちゃの小さな手を、胸のあたりに重ねるようにした。

「あったかかったんや。ここんとこが、じーん、じーんて。それを、思い出すねえ。きっと、これを使う家族は、そういう家族の思い出ひとつひとつを、テーブルと一緒に記憶するんやねえ。そんなテーブルやさかい、これは」

相馬は俯《うつむ》いた。膝《ひざ》に乗せた手の甲に、涙がぱたぱたっと音を立てて落ちた。

（本当にいい家具ってのはな、作品というより、そこらへんの道具なんじゃねえの。いい意味で、普遍的で、変幻自在で、柔らかなもんだ）

柔らかに変化する。

家族の、いろんな時代の、いろんなシーンに。

（そうちゃん）

幼い頃の自分が台所に立っている。母親は天板が剝《は》げかかったえんじ色の折りたたみ式の座卓に頰《ほお》づえをついてこっちを見ている。

（そうちゃん、ごはんまだ？）

相馬は悪態をついている。文句あるなら自分で作れよとか、待つくらいしろよとか。

でもその顔は幸せそのものなのだ。

息子に悪態をつかれた母親も嬉しそうだ。

（そうちゃーん……）

相馬は顔を覆《おお》った。しばらくの間そうして動かず、やがて顔を上げた時、タケ子の姿はどこにもなかった。

11 煌めきのあとさき

沙希《さき》と会ったのは、金沢《かなざわ》の厚い雪が溶け始め、兼六園《けんろくえん》の桜の木の芽がほんの少し膨らんできた頃だ。

いつも通り茶房《さぼう》の手伝いを終え、外に出たところに、沙希が待っていた。

相馬《そうま》はあまり驚かなかった。沙希は硬い表情でそこに立っていたが、

「俺も会いに行こうと思ってたよ」

と言うと、ほっとした顔をした。

本当に、今日か明日にでも行こうと思っていた。そして最後に、やはり、ちゃんと話をするべきだろうと。

「うん」

沙希は唇を震わせたようだった。

「ごめんね、相馬。ごめんね」

相馬は首を振る。

「ちょっと歩こうか」

沙希は春を感じさせる装《よそお》いだ。季節も確実に移ろうとしている。

ふたりで、浅野《あさの》川沿いの遊歩道へと向かった。

早春の光を受けて川はきらめき、そこかしこに緑が芽吹いている。

しばらく歩いたところで、相馬が先に立ち止まった。

「ずっと気にしてたんだ。ちゃんと飯食べてるかなーとか」

「相馬らしい」

沙希は泣き笑いの顔をしている。

「あたし、ひどいことをしたのに」

確かに苦しんだが、沙希を恨む気持ちは長続きしなかった。それはそれで、相馬は悩んだ。周りに指摘されていたように、そもそも相馬自身の沙希への思いが、それほどではなかったのだろうか、と。もしそうなら、もうわからなくなりそうだった。果たして人を好きになるというのが、どういったことなのか。どれほどの激しさで人を求めるのが、正解なのか。

でも――――。

今、沙希を目の前にすればわかる。

理屈ではない。相馬は確かに沙希を求め、強く欲した。だからこそ、彼女の存在は、まだ、こんなにも、相馬の内側にある。歯を食いしばらなければ、前後のことなど投げ捨てて、抱き寄せてしまいそうなほどに。

「……ごめんな」

相馬は、うめくように言った。

「せっかく教えてくれたのにな。昔のことや、今も、不安に思ってること」

「相馬」

楽しい時間を一緒に過ごせば、いつか解決できるような気がしていた。沙希に必要なのは、苦しい時間を一緒に過ごすことだったのかもしれないのに。

「寄りかかられるとしんどいって、どこかで思ってたんだ。ずっと母親によりかかられて……って、俺が勝手に思ってただけなんだけど、とにかくしんどくてさ。それを振り切るようにしてここに来たんだ。そのことに負い目があったし、もうそういう状況が嫌だった。笑っていれば、沙希を笑わせていれば、何もかもがうまくいくと思ってた」

「相馬は悪くないよ。ただあたしの性格が終わってるだけ」

沙希は川面《かわも》を見つめて呟《つぶや》く。

「相馬は完璧だったよ」

「いや、違う」

「あたしにとっては。完璧だったよ。見た目も性格も。優しいし、怒らないし、いつでも受け入れてくれるし。でもあたし、それが苦しかった」

沙希は言った。

「相馬といると、太陽の下に引きずりだされる。それが眩《まぶ》しすぎて、あたしは苦しかった。でも、あの人は」

あの人。それが、沙希と一緒にいた男だということは、すぐにわかった。

「クズなんだよ。あたしと同じか、ひょっとしたらそれ以上に破綻《はたん》してる。気まぐれだし、思うようにいかないと暴れるし。お金の使い方もめちゃくちゃで、研究以外に何ひとつまともにできることがない」

相馬ははっとした。

「暴力受けてるのか」

沙希は相馬を見る。暗い微笑を浮かべた。

「またそうやって。あたしの心配をする必要がない状況でも心配する」

「心配する」

相馬は言った。

「ずっと心配する。たとえ別れても」

もうこれは仕方のないことだ。嫌いになったわけでもない。憎んでもいない。ただひたすらに、悲しいだけだ。

沙希の目の縁が赤くなる。それでも精一杯に瞳を見開いて沙希は言った。

「暴力は受けていない。もしそんなことになったら、あたし、やり返す。徹底的に、相手が立ち上がれなくなるまで。そういう、生まれなんだもの」

沙希は母親に縛られている。それは変わらないのだ。

「だから違う。ただ、暴れるだけ。モノに当たるの。突然にね。家の中のものを破壊したり、割ったりする」

「……確かに、俺とは違うな」

「あたしもそう。何かが出来上がり始めると、それを壊したくてたまらなくなる。相馬が優しいと、すべてを自分のものにしたいのに、少しでもそうできないと、いっそ死んでしまえばいいのにって」

相馬は沈黙し、ただ、沙希を見た。

沙希は泣きながら、笑っている。

「だからもう一緒にいられない。苦しいから。相馬を壊したくなるのに、それでもやっぱり、壊したくないから」

相馬は沙希から目を離し、川向こうを見つめた。

やり直せるとは思っていなかった。

柔らかな髪。肌。華奢《きゃしゃ》な肩。すべてが、すぐそこにあるのに。

「これ」

沙希は手に提《さ》げていた袋を相馬に渡した。

「最後に借りてたシャツ」

「ああ」

相馬は袋を受け取る。どうして服を持っていくのか、話したのは、ついこの間のことのようだ。

「持っていてもよかったのに……って、もう必要ないか」

沙希は薄く笑った。

「来週から、ミュンヘンに行くの。研究活動の一環で」

あの男と一緒に？　とは、聞けなかった。でもそうなのだろう。

「どのくらい？」

「行けば三年は帰ってこない」

「そうか」

沙希は、何を思ったか、相馬の両腕を強くつかむようにした。

「だから、ねえ。最後だよ。最後だから、あたしをなじって」

相馬は驚き、一歩、下がった。沙希は放さない。

「怒ってよ！　自分勝手だって。ひどいやつだって。最低だって。恨んでるって！」

「俺は……」

「最後くらい。本当に思ってることを、言って。相馬の、どろどろした、気持ちの塊《かたまり》を、あたしにぶつけてみてよ！」

沙希は泣いている。

相馬は息を吸い込んだ。

相手の望み通り、あの雪の日のクリスマスからずっと、心の底にわだかまっているものを掘りだし、ぶつけてやろうとした。

楡崎《にれざき》は愛する女の壊れた櫛《くし》を直し、彼女を得ることができた。

それなのに俺は、沙希と自分の、壊れた関係をもとに戻すことができない。

あんな想いをするのなら、出会わなければよかった？

あんな裏切りを受けるなら、愛さなければよかった？

家に招き入れず、懐《ふところ》に招き入れず。食事も作らず？

しかし。

その気持ちを掘り起こそうとすると、強烈なイメージが、そこに覆《おお》いかぶさった。

テーブルだ。タケ子が開いた扉から差し込んだ朝の光を受けて、白く輝いたあのテーブル。柔らかで、変幻自在で、普遍的で。

沙希と一緒に囲んだいくつかの食卓を思い出した。それは決して恨みや、罵詈雑言《ばりぞうごん》では、どうにもならない、幸せな場面のひとつだった。

相馬は目を閉じた。

沙希が苦しいという太陽を、相馬は捨てられない。相馬は創《つく》るし、知るし、喜びとともに歩いてゆく。それを人にも与えたいし、与えられたい。

目尻から熱いものが薄く溢《あふ》れ、風に散ってゆく。目を開くと、必死の形相の沙希の顔があった。

一番に思ったことを、口にした。

「元気でな」

沙希は大きく目を見張った。そこに何かが渦巻いたのも一瞬のこと、すぐに、両手がするりと相馬から離れる。

「……未練なしってわけ」

それから、少し俯《うつむ》いたまま、相馬の脇を通り抜け、歩いていく。

風に舞う長い髪を見つめて相馬は思う。

元気で。

できればちゃんと食べてほしい。できれば、いつか、相馬が作ったテーブルを見てほしい。そして幸せな一場面を、一場面でもいいから、思い出してほしい。それが食べることにつながるといい。

太陽の光も幸せな日々も沙希は苦しいと言った。一方で、彼女は、飢《う》えたり、寒かったり、寂しかったりする。その両方を受け入れる、そんな日が、彼女にくるといい。

沙希が振り返る。

束の間見つめ合う。手を振り合ったりなどしない。彼女は再び前を向き、華奢な背中が遠ざかってゆく。相馬は川面を見る。そのきらめきは眩しすぎ、しばらくの間、強烈な残像として、まぶたの裏で揺らぎ続けた。

「単刀直入に言うね、相馬くん」

茶房の厨房で一緒にいなり寿司《ずし》を作っている時、小梅が顔も上げずに早口に言った。

「うち、あんたのことがんこ好きやわ」

相馬は手を止めて小梅を見る。耳が赤くなっている。

少し間をおいてから、

「うん」

と答えた。

「金沢弁で言われると、どきっとするな」

「でも、って続くんでしょ」

小梅は、揚げに酢飯を詰めながら笑う。

「友達だって」

そうだ。

「あたしの気持ち、知ってたよね」

「確信してたわけじゃないけど。もしかしたらって思うことは何度か」

「そっか」

「俺のこと、よく気づいてくれたからな。その都度的確な助言もくれたし」

「そんな偉そうなこと言えるほど人生経験ないのにねー」

と小梅は自虐《じぎゃく》的だ。

「でもさ」

相馬は一緒に作業をしながら言った。

「小梅は、存在そのものが、幸福だからさ」

「なんやそれ」

「そのままでいてくれよってこと。俺は、小梅にずいぶん幸せを分けてもらっている」

小梅の育ちのよさ。相馬や沙希に備わっていない、生来の心の強さ。

「あたし昔から、お嬢さんって言われるのが嫌だったんだよね」

小梅は言う。

「山野尾《やまのお》の娘ってだけで、苦労知らずみたいに言われて。でも、確かに、今は感謝してるよ。おかげで相馬くんにも出会えたし、相馬くんを助けることもできたってことだよね」

「お嬢さん育ちの小梅がいなかったら、俺、こっちで暮らすためにもうひとつくらいバイトしなきゃならなかっただろうし、料理のレパートリーもこんなに増えなかった」

「でも、行くんだよね」

相馬は手を止めた。

「……そうだな」

「幸せが足りなくなったらどうするん?」

相馬は笑う。

「その時は、ここに戻ってくる。小梅と一緒に何か作って酒でも飲んで、また幸せになる」

へへ、と小梅も笑う。

「あたしに嫉妬《しっと》深い恋人がいたら?」

「それは……説得するしかない」

「恋人を?」

「うん。頭でもなんでも下げるよ」

春。相馬は、東京に戻ることを決めた。年始に相馬が作り上げたテーブルと椅子《いす》は、「ときわ」の特設コーナーで高値をつけられ、展示したその日に売れた。

そして楡崎は、相馬に、独り立ちを許した。

相馬は東京に帰る。母親もいるし、幼少時代と向き合うことができた今、自分が生まれ育った場所で、新しいスタートを切りたかった。

一方で、予想外の連れがいる。

「でも、純平《じゅんぺい》はどういうつもりなん」

小梅は不満顔だ。

「一緒に行くなんて。それこそ、恋人でもあるまいに」

「今度は、純平の番なんだろ」

なにが、とは、小梅は聞かなかった。

わかっているのだ。相馬が何かを追い求めて金沢までやってきて、たくさんの得難い体験をしたように。

今度は純平が、故郷を出る。

「わあ、美味《おい》しそうやねえ」

純平が厨房《ちゅうぼう》に入ってくるなり顔を輝かせた。調理台の上の重箱には、今作ったばかりのいなり寿司のほか、茶房名物のおにぎり、唐揚げに煮物が詰められている。

これから川沿いの空き地で花見をするのだ。

「僕はバゲットサンド作ってきたよ」

と可愛《かわい》らしいカゴバッグを掲げる純平は、とても嬉《うれ》しそうだ。

水筒に小梅が番茶を入れ、三人で出発した。

川沿いの桜は満開で、先日、沙希と別れた時よりも、川面は穏やかな光に満ちている。

大きなレジャーシートを広げ、三人で裸足《はだし》になった。

さっそく弁当を広げ、小梅が取り皿を配る。

相馬は重箱に詰めた卵焼きにまず箸《はし》をつけた。これは相馬が作ったものだ。あの神出鬼没のばあさんが、花見の席にも現れるかもしれないと思って。

しかし。

「純平さ。タケ子《こ》ばあちゃんのこと、なんかわかった？」

「あーそれ、母さんに聞いたんやけど」

唐揚げを口に放り込んだ純平が、思い出したように言う。

「タケ子ばあちゃんさあ、今、ハワイだって」

「ハワイ!?」

相馬と小梅は揃《そろ》って声をあげた。

「妖怪って思ってたけど、母さんに聞いたら、タケ子ばあちゃん、ちゃんとした人間なんやってさ」

「当たり前だろ」

「いやあ。それがさ、本人は古い市営住宅で一人暮らししとるんやけど、金沢市内に不動産とか、会社もいくつか持っとるんやって。飲食代金は滅多に支払わなくても、お金はたくさん持ってて、これはって店に資金提供したり。政治家にも知り合いが多いから何かと優遇したりして。やっぱり侮《あなど》れないばあちゃんみたいやよ」

「でもハワイとはね」

そういえば、佐伯美津《さえきみつ》が言っていた。タケ子とは、フラダンス教室で知り合ったと。今頃青空の下で、フラダンスの衣装を着て踊っているのだろうか。

「えーと……実は」

小梅がもじもじしている。

「茶房ね、夜もやることにしたんだ」

相馬と純平はえっ、と驚いて小梅を見る。

「親の許しがおりてね。来週新しいバイトの子の面接するわ」

昼とカフェだけだったら、相馬と純平の穴はなんとかカバーできるかもしれない。しかし、念願の終日オープンに向けてとなると、バイトは入れなくてはならない。

「ごめんな、手伝えなくて」

相馬が謝ると、純平も続いた。

「僕も」

「なーんも」

小梅はからからと笑う。

「あたしの夢やもん。地元金沢の街を若手で盛り上げてゆくの。相馬くんが東京に戻るから、二階も空くし、今度こそ一人暮らしして自立するんだ」

両親はそれも許してくれたのだという。タケ子が一緒に説得してくれたらしい。

三人はそれから、タケ子の話をしながら弁当を食べ、ごろりと横になった。

「川の字だね」

小梅が嬉しそうだ。

「ちっさい頃、こうやって寝たものよ。お母さんとお父さんと、お兄ちゃんと」

幸せの記憶。

そこに触れれば、相馬も嬉しい。幸せだ。これからいつでも、新しいテーブルに、幸せな時間を作ることができるだろう。

「ばあちゃん、ハワイで何食べとるんかなあ」

純平が呟き、相馬と小梅は笑った。

本当に、タケ子はいつでもどこでも、食べているイメージがある。

「なんか、ばあちゃん妹がおって、その妹と孫七人も一緒にハワイに行っとるんやって」

幸せの記憶。

昔むかし。家のために、妹や弟のために売られた少女は、長じていい妖怪になり、無銭飲食も許されるまでになり、人々に愛され、財をなし、海を渡る。

花びらが舞い落ちてくる。

相馬は目を閉じた。

(未練なしってわけ)

未練は、ありまくりだ。沙希に返されたシャツを、相馬は着ることができない。今の季節にぴったりだというのに。お気に入りだったのに。着られず、かといって捨てられず、東京行きの少ない荷物の中に押し込んだ。渡せなかったブレスレットや、使われないままのホットサンドメーカーといっしょに。

花びらが舞い落ちてくる。

元気で。

タケ子と同じように海を渡った彼女が、幸せのテーブルを見つけますように。

相馬は心から、それを願った。

※この作品はフィクションです。実在の人物・団体・事件などにはいっさい関係ありません。

集英社オレンジ文庫をお買い上げいただき、ありがとうございます。
ご意見・ご感想をお待ちしております。

● あて先
〒101-8050　東京都千代田区一ツ橋2-5-10
集英社オレンジ文庫編集部 気付
山本　瑤先生

君が今夜もごはんを食べますように

集英社
オレンジ文庫

2019年11月25日　第1刷発行

著　者　山本　瑤
発行者　北畠輝幸
発行所　株式会社集英社
〒101-8050東京都千代田区一ツ橋2-5-10
電話【編集部】03-3230-6352
【読者係】03-3230-6080
【販売部】03-3230-6393（書店専用）
印刷所　凸版印刷株式会社

※定価はカバーに表示してあります

ISBN 978-4-08-680284-0 C0193

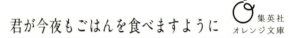